閱讀經典，成為更好的自己。

愛經典

人間失格

太宰治

田原 譯

にんげんしっかく

だざい おさむ

緣起

愛經典

卡爾維諾說：「『經典』即是具影響力的作品，在我們的想像中留下痕跡，並藏在潛意識中。正因『經典』有這種影響力，我們更要撥時間閱讀，接受『經典』為我們帶來的改變。」因為經典作品具有這樣無窮的魅力，時報出版公司特別引進大星文化公司的「作家榜經典文庫」，期能為臺灣的經典閱讀提供另一選擇。

作家榜經典文庫從二〇一七年起至今，已出版超過六十二本，迅速累積良好口碑，不斷榮登豆瓣讀書暢銷榜。本書系的作者都經過時代淬鍊，其作品雋永，意義深遠；所選擇的譯者，多為優秀的詩人、作家，因此譯文流暢，讀來如同原創作品般通順，沒有隔閡；而且時報在臺推出時，每部作品皆以精裝裝幀，質感更佳，是讀者想要閱讀與收藏經典時的首選。

現在開始讀經典，成為更好的自己。

作者簡介

太宰治

だざい おさむ，1909—1948

日本天才作家。出生於青森縣，本名津島修治，家有兄弟姊妹十一人，他排行第十。父忙於政商事業，母體弱多病。

十四歲時隨著父親病逝，家道中落。中學時期痴迷文學，立志成為一名作家，開始寫小說、劇本和隨筆。二十四歲時，首次使用筆名「太宰治」；二十六歲時，一度與川端康成筆戰；二十七歲時，出版首部作品集《晚年》；三十歲時，短篇小說《黃金風景》獲小說大獎。此後筆耕不輟，影響日盛，作品多描寫孤獨迷茫、展現人性的脆弱。個人感情生活跌宕起伏，多次與情人求死又被解救，變成全日本讀者津津樂道的話題人物。三十九歲時，完成自傳體小說《人間失格》不久，與情人在玉川上水河投水身亡。

經典代表作：《人間失格》、《斜陽》、《Goodbye》。

目錄

推薦序一

從我第一次讀《人間失格》，已經過了四十多個年頭。我母親在她年輕的時候也讀過這部小說。我現在試著重讀，印象大不一樣。主人公出身富裕家庭，頭腦聰明且模樣俊美，卻從心底對自己感到羞恥。現在這個時代，或許會被說：「有自卑感可不是好事情，快去治病吧。」但自卑感真的不好嗎？如果是能夠敏銳地觀察人類和人類社會的人的話，對身為人類的自己感到羞恥，不是理所當然的嗎？主人公實際上是自己內心世界的王者。萬一這一點被局外人知曉，主人公就會被拖入競爭激烈的社會中，遭到猛烈地抨擊。為了擺脫這種狀況，他對外繼續扮演小丑。弱者總是容易被忽略。我認為這是藝術家在獨裁和競爭社會中保護自己的有效方式。

——多和田葉子　日本著名作家，第一〇八屆芥川獎得主

私が初めて「人間失格」を読んでからもう四十年以上の年月がたってしまった。母も若い頃この小説を読んだそうだ。今読みかえしてみると印象が違う。主人公は金持ちの家に生まれ頭も容姿もいいのに、自分自身を心底恥じている。今の時代なら、「劣等感を持つことはよくないからセラピーに行きなさい」と言われてしまうかもしれない。でも劣等感を持つのは本当によくないことだろうか。人間や人間社会を鋭く観察できる人なら、人間である自分が恥かしくなって当前ではないのか。主人公は実は自分の内的世界では王者である。外部の人間がそれを知ったら、競争社会にひきずり出され、たたきのめされる。そうならないように外に向けては道化を演じ続ける。弱者と思えば放っておいてくれる。これは独裁制や競争社会で芸術家が我が身を守る有効な方向なのではないかと思う。

多和田葉子

推薦序二

羞恥心比孤獨更難以忍受。
但不必言說。
因為這本書就是你的代言人。

——平野啓一郎　日本著名作家，第一二〇屆芥川獎得主

羞恥心は、孤独よりも耐え難い。
けれども、何も言う必要はない。
この一冊が、あなたの気持を代弁してくれるから。
平野啓一郎

推薦序三

能讀到太宰治的田原版中譯本的讀者，
真讓人羨慕啊！
讀完中毒還是陶醉？
這取決於你。

——中島京子　日本著名作家，第一四三屆直木獎得主

田原訳の太宰治が
読めるなんて、
中国の読者が心底羨ましい！

この毒気に
あてられるか、惚れこむか。
それはあなた次第。

中島京子

推薦序四

為了閱讀田原翻譯的太宰治，
我會努力學習中文。
很羨慕能讀到《人間失格》田原譯本的中文讀者。

——阿部公彥　日本東京大學教授

田原訳の太宰治!!
ちょー読みたいので、中国語
勉強しますよ。

『人間失格』が
田原節で!!
中国の読者がうらやましい〜。
阿部公彦

太宰治情感圖

一九四一年九月（三十二歲），接受文學女青年太田靜子等人的來訪，太田靜子第一次來太宰治家做客。六年後 私生女出生 十一月十二日，女方生下一名女嬰。在山崎富榮的房間，為女兒取名治子，並寫下認知書。

一九四七年春（三十八歲），在三鷹車站烏冬麵攤前與二十八歲的山崎富榮相識。

第二任情人
太田靜子

三個月後 → 相識

相識 —五年半後→ 相識

相識 —六年後→ 私生女出生

私生女出生
十一月十二日，女方生下一名女嬰。在山崎富榮的房間，為女兒取名治子，並寫下認知書。

第三任情人
山崎富榮

相識 —一年後→ 相約自殺

相約自殺
六月十三日深夜至十四日拂曉，二人用和服腰帶綁在一起，在玉川上水河投水自殺，二人的木屐整齊地擺放在河岸邊。雙亡。

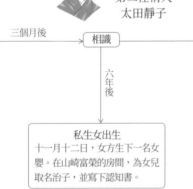

太宰治

第一任妻子
小山初代

十八歲
相識
秋天，開始在青森市內的紅燈區尋花問柳，二人相識。

↓ 三年後

二十一歲
訂婚

→ 四天後

第一任情人
田邊淳美

相約自殺
傍晚，二人相約在鐮倉七里濱小動崎疊岩海邊服用安眠藥自殺。女方亡。

← 一個月後

結婚

↓ 七年後

二十八歲
女方出軌
相約自殺

↓ 返京後

離婚

→ 一年後

第二任妻子
石原美知子

二十九歲
相親
女方在四姊妹中排行老么，其父親石原初太郎是一位地質學家。

↓ 四個月後

三十歲
結婚

↓ 二年後

三十二歲
長女出生

↓ 三年後

三十五歲
長男出生

↓ 三年後

三十八歲
次女出生

三十九歲

一九三七年三月（二十八歲），得知小山初代出軌後，在群馬谷川溫泉附近，相約服用安眠藥自殺。未遂。

長男去世（十五歲）

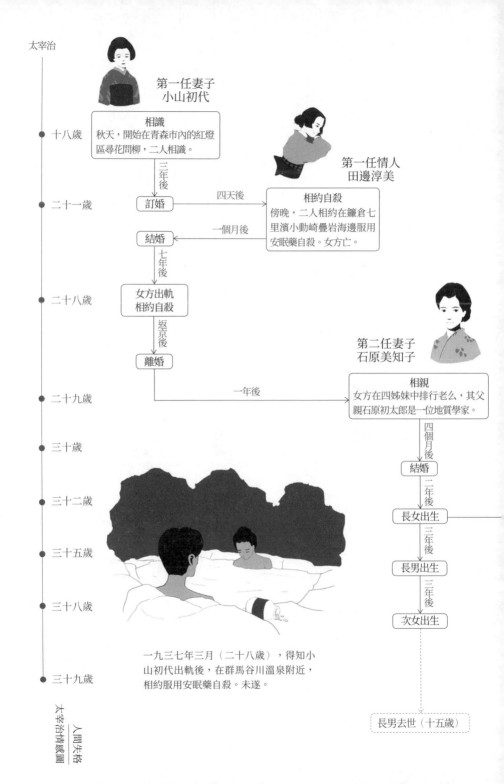

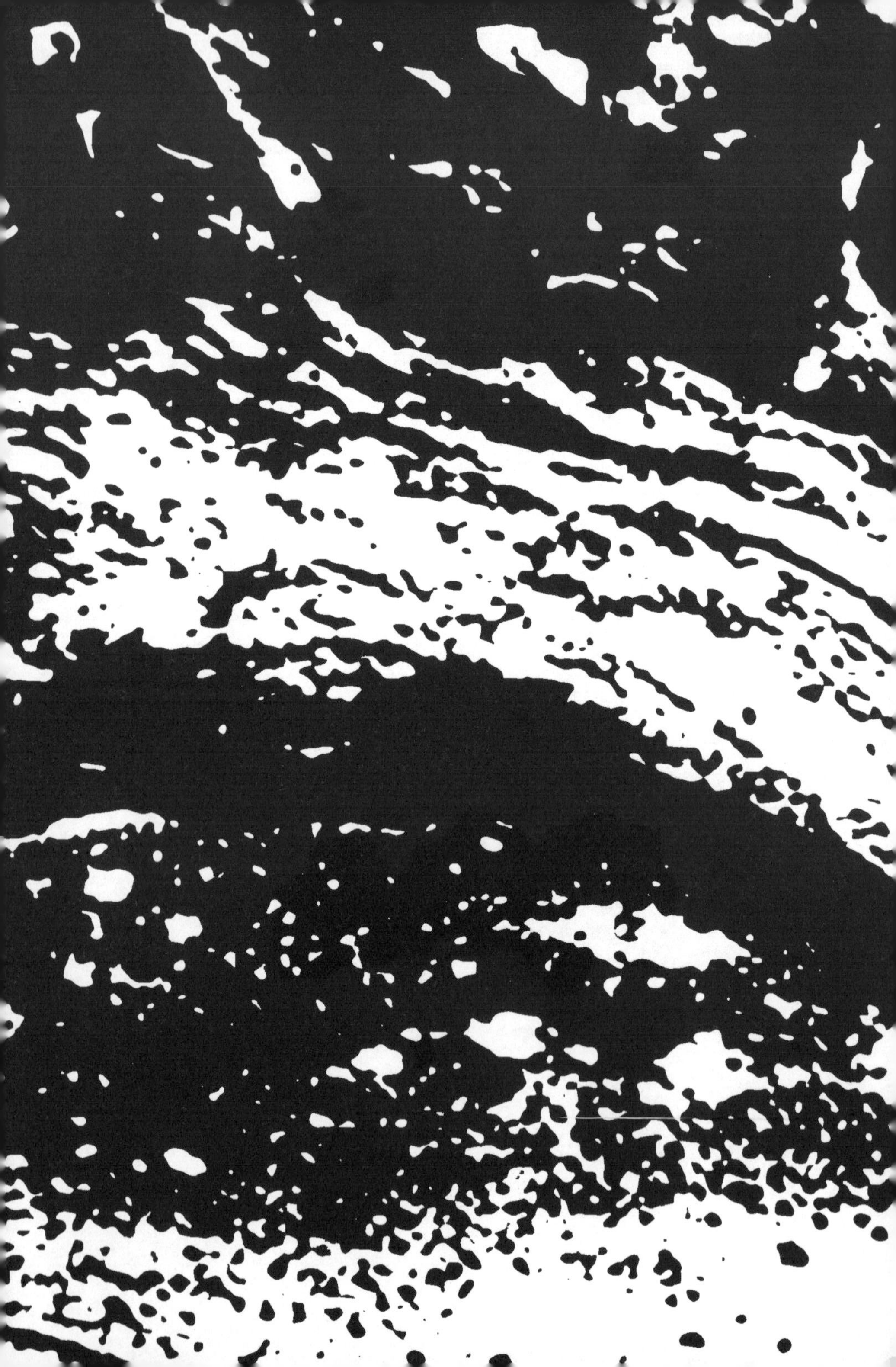

序曲

我曾看過那個男人的三張照片。

第一張照片應該是他幼年時代的吧，估計也就十歲前後。這個男孩被很多女人圍著（不難想像出是他的親姊妹，或是堂姊妹），他穿著粗條紋褲裙，站在庭園的水池邊，頭向左歪了大約三十度，露出難看的笑容。難看？即使反應遲鈍的人（就是說對美與醜毫無感覺的人），也會以一副無所謂的表情說出「這男孩真可愛啊」這種敷衍的客套話，也不至於讓人覺得是虛情假意的恭維。從這男孩的笑臉上，也不是看不出人們常說的「可愛」之處。不過，若是對略微有點審美眼光和經驗的人來說，只要瞅上一眼這張照片，說不定就會不懷好感地小聲嘀咕「啊，這孩子真的討人嫌」，甚至會像抖落身上的毛毛蟲一樣，隨手將照片扔得遠遠的。

不知為何，照片上這個孩子的笑臉愈看愈令人生厭。那根本就稱不上笑臉。他的表情沒有一絲笑容，那緊握的雙拳是最好的佐證。因為一般而言，人是不會一邊握拳一邊微笑的，除非是猴子，那是猴子的笑臉。臉上布滿醜陋的皺紋。如此難看、奇怪無比、讓人看了很不舒服的表情，誰見了都會情不自禁地想說：「這個滿臉皺紋的孩子。」我從未見過表情這麼怪異的孩子。

第二張照片上的臉，已經發生了驚人的變化。一身學生打扮。雖分辨不出是高中生，還是大學生，總而言之，是一位相貌英俊的學生。但同樣不可思議的是，從他身上一點兒也感覺不出活著的人味。他身著學生服，胸前的口袋裡露出白手帕，雙腿交叉坐在籐椅上，依舊面帶微笑。但這次的表情已不是猴子滿臉皺紋的笑容了，而是變成頗有技巧的微笑，可又與一般人的笑相去甚遠。不知是該說他缺乏血的凝重，還是缺乏生命的活力，總之沒有一點活著的充實感。不是像鳥一樣，而是如鳥羽之輕，只是在一張白紙上，笑著。反正徹頭徹尾給人一種做作感。說他裝模作樣，說他輕浮，說他娘們氣，甚至說他時髦，都不足以表達對他的形容。仔細端詳時，從這位英俊的學生身上，會讓你感受到類似鬼怪故事的毛骨悚然。迄今為止，我還從未見過表情如此怪異的英俊青年。

第三張照片最為古怪，完全無法估測他的年齡。頭髮略顯花白，那是在髒亂不堪的房間一隅（照片清楚地拍出室內牆壁有三處剝落），他的雙手伸向小小的火盆取暖。這次他沒有笑，面無表情。他坐著，雙手伸向火盆，像自然死去了一樣，照片上瀰漫著不祥的氣氛。奇怪的不只這些，由於照片把他的臉拍得很大，因此我得以仔細端詳那張臉的面部輪廓。無論是額頭、額頭上的皺紋，還是眉毛、眼睛、鼻子、嘴巴和下頦，看起來都平常無奇。這張臉不只是毫無表情，更不會給人留下任何印象。比如說，當我看完照片合上眼，這張臉就被我忘得一乾二淨了。雖然還記得房間內的牆壁、小火盆，但對於房間內主人公的印象，卻煙消雲散，怎麼也想不起來。那是一張無法畫成畫的臉，甚至連漫畫也畫不成。睜開眼睛看過後，我甚至不會產生「啊，想起來了，原來長這模樣啊」這樣的愉悅感。用更極端的說法，即使睜開眼再看這張照片，也不會想起那張臉，只會變得愈發不愉快和焦慮，最終只好移開視線。

即使所謂的「死相」，也應該比這張照片更有表情、更讓人印象深刻吧，也就是把馬頭安裝在人身上的這種感覺吧。總之，這張照片會讓看到的人莫名地毛骨悚然，心情變壞。迄今為止，我從未見過長相如此怪異的男人。

第一手記

我以往的人生中，羞恥無數。

對我來說，人類的生活無從捉摸。因為我出生在東北鄉村，長大後才第一次看到火車。我在火車站的天橋上爬上爬下，完全沒有察覺到它是為了橫跨鐵軌而建造的，只是覺得站內複雜而又有趣的構造，像國外的遊樂場一樣是為了追求時髦。很長一段時間我都這麼想。沿著天橋上上下下，對我而言是頗為時尚的遊戲，也算是鐵路公司提供的服務裡最令人滿意的。後來，當我發現那不過是為了方便乘客橫跨鐵路建造的實用性樓梯時，突然覺得索然無趣。

此外，小時候我在繪本上看過地鐵，一直認為那不是為了實用而建造，而是由於一個好玩的目的——比起在地面上坐車，地下的車更別出心裁、更有趣。

我從小就體弱多病，常臥床不起。我常常躺在床上，想床單、枕套、被套這些單調乏味的裝飾品。直到快二十歲時，才突然明白，這些都是生活中很必要的實用品，於是，不禁為人類的儉樸而悲從中來。

還有，我不知道飢餓的滋味是什麼。這並不意味著我出生在衣食無憂的家庭，也不至於那麼愚蠢，只是真的對飢餓感毫無知覺。這樣說聽起來滿奇怪的，但就算我飢腸轆轆，也真的感覺不到肚子餓。在上小學和中學時，每次放學回到家裡，周圍的人就會七嘴八舌地說道：「肚子餓了吧？我們都記憶猶新呢，放學後肚子餓的難受勁兒。吃點甜納豆怎麼樣？還有蛋糕和麵包呢。」而我也會乘機發揮天生喜歡討好人的秉性，小聲說著「肚子餓了」，然後把十幾粒甜納豆塞進嘴裡。可是，肚子餓到底是何種感覺，我一點都不知道。

當然，我也很能吃。但幾乎沒有因飢餓而吃的記憶。我吃眾人眼中的山珍海味，以及奢侈的大餐。還有，到別人家做客時，主人端上來的飯菜，就算我不喜歡也會忍著吃下。對於小時候的我而言，最為痛苦的時刻莫過於在自己家吃飯。

在鄉下的家裡，每次用餐時，全家十幾口人圍著餐桌迎面而坐，飯菜擺成兩列，我身為家中老小，坐在最靠邊的末座。用餐的房間燈光昏暗，午餐時，全家十幾口人一聲不吭吃飯的光景，讓我不寒而慄。加之我家又是一個古板守舊的鄉下大家庭，每頓飯菜幾乎一成不變，別指望會有什麼山珍海味和奢侈大餐，久而久之，使我對用餐時間充滿恐懼。我坐在昏暗的餐桌旁，因寒冷而渾身打戰，一點一點地把飯菜塞進嘴裡，不由地在心中暗暗想：人為什麼每天非得吃三餐不可呢？每個人用餐時都板著臉，彷彿在履行某種儀式。全家老小一日三餐，在規定的時刻聚集在昏暗的房間裡，井然有序地擺好飯菜，不論是否想吃，都會低著頭一聲不吭地嚼著飯粒，彷彿是向潛伏於家中的亡靈進行祈禱的一種儀式。

「人不吃飯就會死」這句話在我聽來，無異於一種討厭的恐嚇。可是，這種迷信（即使到今天，我依然覺得它是某種迷信）卻總是帶給我不安與恐懼。因為人不吃飯就會死，所以才不得不工作，不得不吃飯。對我而言，再沒有比這句話更抽象難懂、更帶有威脅性的了。

總之，我對人類的行為仍迷惑不解。自己的幸福觀與世上所有人的幸福觀迥然不同，這種不安讓我夜夜輾轉難眠，低聲呻吟，幾近發狂。我究竟算不算幸福呢？實際上，我小時候常常被人說成是有福之人，但我總覺得自己深陷地獄，反而是那些說我有福的人，遠比我活得快樂。

我甚至覺得自己背負著十大災禍，若將其中的一個交給旁人來背負，恐怕都會將其置於死地吧。

總之，我搞不懂。旁人痛苦的性質與程度，都是我永遠捉摸不透的。實際的痛苦，僅靠吃飯就能解決的痛苦，也許才是最慘烈的痛苦，是足以將我的十大災禍吹散的、極度淒慘的阿鼻地獄*吧。可我不明白是否真的如此，他們竟然不去自殺，不去發瘋，談論政治又不絕望，不屈不撓地與生活持續搏鬥，不是也不痛苦嗎？他們變成徹底的利己主義者，並視其為理所當然，不是也從沒懷疑過自己嗎？若是這樣，倒是輕鬆。然而，所謂的人真的就如此滿足了嗎？我不明白。……他們不是夜間酣然入睡，早晨起來神清氣爽嗎？都做了哪些夢呢？他們會邊走路邊想什麼嗎？是錢嗎？不可能只會是這樣吧？儘管我好像聽說過「人為食而生」，但從未耳聞過「人為錢而活」。不，雖然存在因事而論……不，我還是弄不明白。……愈想我就變得愈是糊塗，最終使我陷入類似於古怪人的不安與恐懼之中。我幾乎無法與旁人交談，因為我不知道說什麼，該說些什麼。

於是我想出了一招，那就是搞笑。

那是我對人類最後的求愛。儘管我對人類極度恐懼，卻怎麼也無法對人類死心。於是我藉著搞笑這一條線，與人類保持了一絲的聯繫。表面上我不斷地裝出笑臉，內心卻竭盡全力，在千分之一的成功率下，謹小慎微，汗流浹背地效勞於人。

從小，就連自己的家人，我也猜不出他們有多麼痛苦，腦子裡在想著什麼，我只是時常感到害怕，無法忍受那種尷尬，因此變成了搞笑高手。也就是說，我在不知不覺中變成

——

＊ 出自梵語，「八熱地獄」中最為殘酷的地獄之一，又稱「無間地獄」。

了一個不說一句真話的孩子。

看我當時和家人的合照就會發現，其他人都是一臉正經，唯獨我莫名其妙地笑歪了臉。這也是我既幼稚又可悲的一種搞笑方式。

而且，無論家人對我說什麼，我從不頂嘴。他們寥寥數語的責備，都會讓我感覺如晴天霹靂一樣強烈，使我幾近發瘋，別說是頂嘴。我甚至覺得他們的責備一定是人類千古不變的「真理」，我缺乏去實踐這種「真理」的能力，因而無法與人類相處。所以，我既無力反駁，也無法為自己辯解。一旦被別人惡言相向，我便覺得別人言之有理，都是自己的錯，總是默默地承受別人的攻擊，內心感到快要發瘋的恐懼。

無論是誰，受人責備或訓斥時，心裡都會感到不是滋味，但我能從人們暴怒的臉上，發現比獅子、鱷魚、巨龍還要可怕的動物本性。平常他們說不定都隱藏著這種本性，可一有機會，他們就像溫順地臥在地上歇息的牛，會突然甩動尾巴拍死肚皮上的牛虻一樣，在暴怒中暴露出人可怕的本性。看到這一幕，我總是嚇得渾身打戰。可一旦想到這種本性說不定也是人類活下去的手段之一，我便對自己徹底絕望。

對於人類，我總是恐懼地顫抖。而對於自己身為人類一員的言行也毫無自信。我總是將自己的懊惱密藏在心中的小盒裡，一味地掩藏起自己的憂鬱和敏感，偽裝成天真無邪的樂天派，漸漸地把自己塑造成一個搞笑的怪胎。

怎麼樣都行，只要能把人們逗笑。這樣一來，即使我置身於人們所謂的生活之外，也不會引起他們的注意。總之，我不能成為阻擋他們視線的障礙。我是「無」，是「風」，是「天」。這樣的想法愈演愈烈，我只能用搞笑逗家人開心，甚至在比家人更費解、更可怕的男傭和女傭面前，我也拚命地為他們提供搞笑服務。

夏日，我在浴衣裡面套上一件紅毛衣，在走廊上走動，逗得家人笑聲陣陣，甚至連平時不苟言笑的大哥見了，也忍俊不禁，用充滿愛憐的口吻說：「小葉，這樣穿太不合時宜啦。」是啊，我當然不是那種不分冷熱，在炎夏穿著毛衣四處走來走去的怪人。其實，我是把姊姊的綁腿纏在了雙臂上，讓它從浴衣的袖口露出一截，讓他們以為我身上好像穿了一件毛衣。

父親在東京有很多公務，在上野的櫻花町擁有別墅，每個月的大半時間都在東京的別墅裡度過。回老家時，總喜歡給家人和親戚買回很多禮物，這好像是父親的嗜好。

有一次，父親在赴京前，把孩子們召集到客廳，笑著問每個孩子，下次回來時想要什麼禮物，並把孩子們的要求一一寫在記事本上。父親對孩子們如此親切，真是罕見。

「葉藏呢？」

被父親這麼一問，我一下子無言以對。

一旦被人問起想要什麼，剎那間，我反而什麼都不想要了。一個念頭閃過腦海——什麼都行，反正這世上沒有讓我快樂的東西。同時，別人送給我的東西，無論多麼不合我意，我也不會拒絕。對討厭的事不能說討厭，對喜歡的事情也像行竊一樣戰戰兢兢，從而在極度苦澀的滋味和難以言表的痛苦中苦悶得不能自拔。總之，我缺乏在喜歡與厭惡兩者之間的選擇能力。我想，多年來，恰恰是這種性格，才是我所謂「羞恥無數」的人生的重要原因。

見我扭扭捏捏一聲不吭，父親一臉不悅地說：

「還是要書嗎？淺草的商店街有賣新年舞獅的獅子面具呢，大小很適合小孩戴在頭上玩，你不想要嗎？」

一旦被問到「你不想要嗎」，我只能舉手認輸，再也無法用搞笑的方式回答。作為一位搞笑演員，我已經徹底落榜。

「還是書好吧？」大哥一臉認真地說道。

「是嗎？」父親一臉掃興，連寫都不寫，啪的一聲就合上了記事本。

這是多麼失敗啊，我竟然惹怒了父親。父親的報復肯定很可怕。如果不趁著現在想對策，可能就無法挽回了。當天夜裡，我躲在被窩裡直打哆嗦，總惦記著這件事，然後我悄悄起身來到客廳，打開父親剛才放記事本的抽屜，取出記事本，嘩啦嘩啦地翻到他寫過禮物的那一頁，舔了一下鉛筆，寫上「獅子舞」後，又返回被窩睡覺了。其實我一點也不想要什麼「獅子舞」面具，想要的反倒還是書。可是，我覺察到了父親想送我「獅子舞」面具，為了迎合父親的心意，討他開心，我才膽敢深夜冒險潛入客廳。

果然，我的這招非常手段，如願獲得了巨大成功，得到了回報。不久後，父親從東京回來，我在自己的房間裡聽到父親大聲對母親說道：

「我在商店街的玩具店裡打開記事本一看，本子裡竟然寫著『獅子舞』。嗯？不對，這可不是我的字跡。我歪著頭納悶了一會兒，立刻想到是怎麼回事。這分明是葉藏的惡作劇嘛。這孩子，先前我問他時，他笑著默不作聲，事後卻又想要了。真是個怪孩子啊。他假裝什麼都不知道，卻又工工整整地寫在本子上。既然這麼想要，直接告訴我不就行了嗎？我在玩具店看到後都忍不住笑出了聲，快把葉藏叫過來吧。」

我還會把男傭和女傭召集到房間裡，讓一位男傭坐在鋼琴前亂彈一通（雖然是在鄉下，但家裡該有的都配得很全），我則伴隨著那亂七八糟的曲調，跳起了印第安舞，逗得大家捧腹大笑。二哥打開鎂光燈，拍下我的印第安舞姿，等照片洗出來一看，發現腰布的縫合處（其實是一塊印花的包袱罩），竟露出了我的小雞雞，又惹得全家人哄堂大笑。這或許說得上是一次意外的成功吧。

每個月我都會購買十幾種剛剛上市的少年雜誌，另外，我還從東京郵購各種書籍，默默閱讀，所以對「妹卡拉苦卡拉博士」、「什麼東東博士」*我都如數家珍。還有怪談、講談、落語、江戶趣談之類的也樣樣精通。所以，我常常一本正經地說些笑話，逗大家哈哈大笑。

—

＊　兩位博士都是《少年俱樂部》雜誌（已停刊）連載的〈滑稽大學〉裡的人物。

然而，嗚呼，學校！

我在學校裡頗受人尊敬。「受人尊敬」這種觀念本身就令我發怵。它幾乎完美地欺騙了周圍所有的人，然後又被聰明絕頂的人識破，被粉碎得體無完膚，羞恥得生不如死，這是我對「受人尊敬」這一狀態的定義。即使靠欺騙贏得了眾人的尊重，肯定也會有人看穿這種伎倆。不久後，當人們從此人的口中瞭解到真相，發覺自己受騙時，那些人的憤怒和報復將會是什麼程度呢？單是稍加想像，我就不由得毛骨悚然。

我在學校裡受人尊敬，與其說是出身於富人家，不如說是得益於俗話所說的「聰明」。我自幼體弱多病，常常休學一個月、兩個月，甚至曾因病在家臥床近一學年。儘管這樣，我還是拖著大病初癒的身子，搭乘人力車去學校參加期末考試，而且比班上所有的同學都考得好。即使在身體狀態好的時候，我也毫不用功，去了學校，也只是不停地在課堂上畫漫畫，下課休息時拿給同學們看，講給他們聽，逗大家笑。作文課上，我總是寫一些滑稽的故事，就算被老師警告，也照寫不誤。因為我知道，老師正悄悄地以閱讀我寫的滑稽故事為樂呢。有一天，我依舊以淒慘的筆調，描寫了母親帶著我去東京途中的丟人經歷。途中，我把火車內通道上的痰盂當成了尿壺，把尿撒在了裡面（其實，在去東京時，我並不是不知道那是痰盂，而是為了炫耀孩子的天真無邪，才故意這麼寫的）。交了作文後，我深信老師看了肯定會發笑，於是就悄悄跟在走向辦公室的老師身後。只見老師一出教室，就從班上同學的一摞作文中挑出我的，開始在走廊上邊走邊看，還不時發出嗤嗤的笑聲。不一會兒，老師走進辦公室，大概是正好看完了吧，只見他滿臉通紅，高聲大笑，還隨手拿給其他老師看。看到這一幕時，我不由得心滿意足。

淘氣鬼。

我成功地扮演了別人眼中的淘氣鬼，成功地擺脫了「受人尊敬」的束縛。成績單上我所有的學科都是滿分十分，唯獨品行要麼是七分，要麼是六分，而這一點也成了家人的笑料。

其實，我的本性與淘氣鬼正好相反。那時，我已經從男傭和女傭身上領教了何謂可悲，並遭到了他們的侵犯。我至今仍覺得，對年幼的孩童而言，做出這種事是人類所犯下的惡行中最為卑劣、最為醜惡、最為殘酷的罪孽。可我還是容忍了這一切，甚至還覺得自己看出了另一種人類的特質，我只能無力地苦笑。倘若我有養成說真話的習慣，那麼，或許我會毫不膽怯地向父母控訴他們的罪行吧，但我又不完全瞭解自己的父母。控訴他人的手段於我永遠是無法期待的。無論是訴諸父母，還是訴諸員警，抑或政府，最終不是仍然敗給那些老謀深算者的冠冕之詞嗎？

世間的不公平是必然存在的，我十分清楚。歸根結柢，訴諸他人終究都是徒勞。我只能不言真話，默默忍受，繼續搞笑。

也許會有人嘲笑我：「什麼呀，你的言下之意是不相信人類嗎？你什麼時候變成基督徒了？」但我認為，對人類的不信任，未必就意味著我走向宗教之路。現在，包括嘲笑我的那些人在內，人類不都是彼此相互懷疑著，絲毫不把耶和華放在心裡，若無其事地活著嗎？同樣是我小時候的事，父親所屬政黨的一位名人來到我們鎮上演講，家中的男傭帶我去劇場聽。劇場內座無虛席，鎮上與父親關係親近的人幾乎全都趕來捧場，並用力地鼓掌。演講結束後，聽眾三五成群地沿著夜晚的雪道回家，大家議論紛紛，把今晚的演講貶得分文不值，其中也摻雜著與父親過從甚密者的聲音。父親那些所謂的「同志們」用近乎憤怒的語氣，批評父親的開場致詞如何如何拙劣，那位名人的演講更是多麼的語無倫次、不知所云等等。之後，那幫人順道來到我家，坐進客廳，臉上便堆滿笑容，對父親說今晚的演講太成功了。就連母親向男傭們問起今晚的演講如何時，男傭們也都假惺惺地說：「講得太有趣了！」可是，剛剛在回家的路上，這些男傭明明還互相哀歎：「再也沒有比演講更無趣的事了！」

而這僅僅是其中一個微不足道的例子而已。彼此欺騙，卻又神奇地彼此毫髮無傷，就像沒有察覺到互相欺騙一樣，這種顯而易見、通透明朗的不信任案例，在人類的生活中比比皆是。不過，我對互相欺騙這種事沒有太大興趣，因為我自己也是從早到晚借著搞笑來欺騙人。我對於品德課本上正義和道德什麼的也漠不關心。我實在難以理解那些彼此欺騙，卻又能通透明朗地活著，以及有信心活下去的人。人類最終沒能讓我學會其中的奧妙。如果我領會了這些奧妙，就不會如此畏懼人類，也不會拚命去討好他們，更用不著與人類的生活對立，夜夜飽受地獄般的痛楚折磨了吧。總之，我之所以沒有向任何人控訴男傭女傭造的孽，並不是出於我對人類的不信任，當然也不是因為基督教義，而是因為人們對名叫葉藏的我緊閉上了信任的外殼。就連我父母也時常向我展現他們令人費解的一面。

然而，那種無法向任何人訴諸的孤獨氣息，卻被眾多女性本能地嗅出，這也是多年後，我常常被女人乘虛而入的誘因之一。

也就是說，對於女人，我是一個能守得住戀愛祕密的男人。

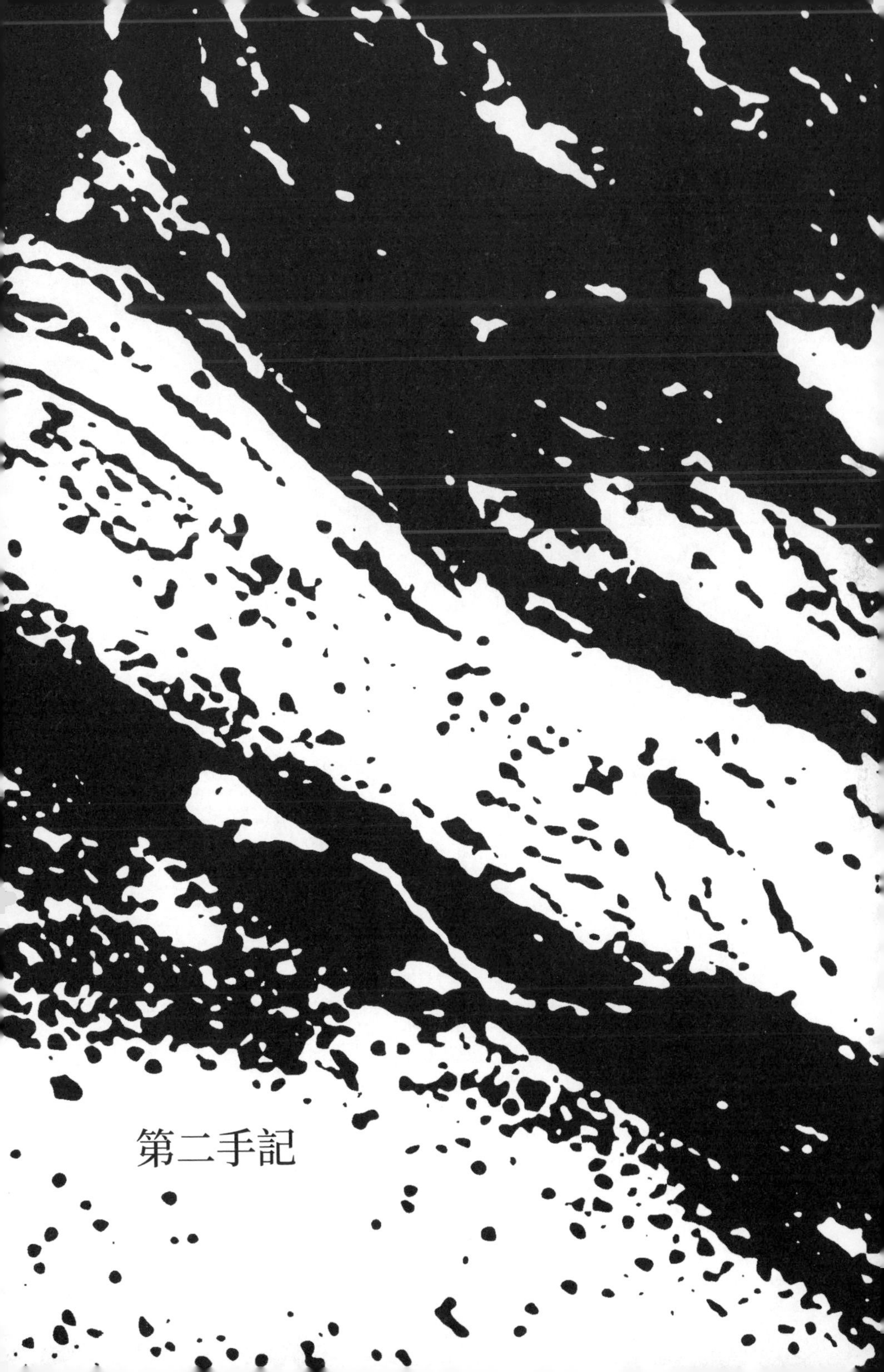

第二手記

在海浪沖刷的近海岸邊，並排挺拔著二十多棵高大粗壯的黑樹皮的山櫻。每當新學年開始，山櫻便與看似黏稠的褐色嫩葉一起，以蔚藍色的大海為背景，綻放出絢爛的花朵。不久，到了落英繽紛的時節，花瓣便會大量地飄落大海，鑲嵌在海面上隨波蕩漾，然後再次被波浪湧向海岸邊。東北地區的某所中學，直接把長著櫻樹的沙灘當作校園來使用。我雖然沒怎麼用功備考，卻順利地考進了這所中學。無論是這所中學校帽上的徽章，還是校服上的鈕子，上面都印著盛開的櫻花圖案。

這所中學的附近有我家的一個遠房親戚，或許是這個原因，父親為我挑選了這所毗鄰大海和開滿櫻花的中學。我寄宿在那位親戚家裡，因為離學校很近，每天都是聽到學校晨訓的鐘聲後，才飛奔到學校。我雖是一位相當懶惰的中學生，但由於憑靠自己搞笑的本領，在同學中的人氣日益攀升。

這是我有生以來第一次離開家生活，但在我看來，生活在他鄉遠比在自己的故鄉活得更輕鬆自在。或許也可以這樣解釋：我搞笑的本領已逐漸得心應手，欺騙人時已不像以往那麼費勁了。不過，面對家人與外人，身在故鄉與他鄉，因人與場所的不同，都難免會存在演技上的難度差異。即使對於蓋世天才，包括上帝之子的耶穌在內，這種難度上的差異也在所難免。對於演員而言，最難施展演技的場所莫過於自己的故鄉劇場，尤其是在所有的親戚集聚一堂的情況下，哪怕是再有名的演員，想必也很難發揮自己的演技吧。我卻一路表演下來，而且取得了很大成功。所以像我這樣的老江湖，在他鄉表演，自然是萬無一失的。

我對人類的恐懼，跟以往相比，有過之而無不及，它在我的心中劇烈地蠕動，而且我的演技日漸長進，常常在教室裡逗得同學們笑聲一片，連老師也一邊感歎「這個班要是沒有大庭，該會是多好的班啊」，一邊用手捂著嘴笑。甚至那位嗓門如雷的駐校軍官，我也輕而易舉地逗得他噴口大笑過。

當我正要為完全掩飾自己的真實面目而暗自慶幸時，意想不到地被誰的手指從背後戳了一下。那位從背後戳我的男子，相貌普通，在班裡身體最為瘦弱，臉色蒼白略帶浮腫，總是穿著像是父親或哥哥穿過的舊上衣，衣袖又寬又長，彷彿聖德太子＊。他的功課一塌糊塗，在軍訓和上體操課時，總像白痴一樣站在一旁觀看。就連我也覺得根本沒必要提防他。

有一天上體育課的時候，就是那位叫竹一的同學（記不清他姓什麼了，只記得名字叫竹一），依舊站在一旁觀看我們練習單槓，我故意裝得一臉嚴肅，高叫一聲：「看我的！」像跳遠一樣朝單槓縱身一躍，結果卻「撲通」一聲，一屁股跌坐在了沙灘上。這一次失敗全是我事先算計好的，果然引得大家捧腹大笑，我自己也苦笑著，拂去褲子上的沙子爬了起來。這時，竹一不知何時已悄然來到我旁邊，捅了捅我的後背，小聲說：

「故意的，故意的。」

我非常震驚，完全沒想到，竹一竟然識破了我假裝失敗的真相。那一刻，我彷彿看見世界在一瞬間被地獄之火籠罩著，在眼前熊熊燃燒。我竭盡全力克制住了險些「哇！」地大叫出聲的瘋狂。

從那以後，我每天都生活在不安與恐懼之中。

表面上，儘管我依然扮演著可悲的滑稽角色來博取眾人一笑，有時卻情不自禁地發出深沉的歎息。一想到我不論做什麼，都會被竹一識破，而且他肯定會把這一祕密說給其他人，我的額頭就會直冒冷汗，像瘋子一樣用怪異的眼神打量四周。若有可能的話，我真想一天到晚二十四小時寸步不離地監視竹一，以防從他的口中走漏這個祕密。我甚至還這樣想，在我死盯著他不放的這段時間，想方設法讓他相信，我的搞笑並非是刻意為之的「故意之舉」，而是真有其事，如果順利，我還想成為他獨一無二的朋友。倘若這一切都不可行的話，除了祈盼他早日死去外，別無他法。不過，我並沒有非要殺死他的念頭。在我迄今為止的人生中，曾好多次希望被別人殺死，卻從未想過要殺死別人。因為我覺得，這樣

＊ 聖德太子（五七四—六二二），日本飛鳥時代的皇族，政治家。用明天皇的次子。

反而會給可怕的對手帶去幸福。

為了讓他就範，我首先在臉上堆滿偽基督教徒式的「善意」媚笑，頭向左歪三十度左右，輕輕摟住他瘦小的肩膀，用媚言蜜語的肉麻聲，邀請他到我寄宿的親戚家來玩，但他總是眼神茫然呆滯，一聲不吭。不過，有一天放學後，記得是在初夏，一場驟雨突如其來，同學們都在為怎麼回家而一籌莫展，我因為住得離學校很近，不以為然地正要衝出室外時，驀然看見竹一正滿臉沮喪地站在鞋櫃的後面，就跟他說：「走吧，我把傘借給你！」便一把拽住怯生生的竹一，一起狂奔在驟雨中。跑到家後，我請姑媽晾乾我們倆被雨水澆透的上衣，成功地領著竹一來到我二樓的房間。

我的這個親戚家只有三口人：年過五旬的姑媽；三十左右、戴著眼鏡、體弱多病的高個兒大女兒（她曾結過一次婚，後來又回到娘家。我也學著這家裡的人，管她叫大姊）；以及最近好像才從女校畢業，名叫節子的小女兒，跟她姊姊一點都不像，小個頭兒，圓圓臉。三人在樓下開了一家店，貨源不多，只陳列有少量文具和運動用品。主要的收入來源，好像是靠過世的主人所留下的五六棟簡陋住房的租金。

「耳朵好痛。」竹一站著說道。

「耳朵進水了，會變痛的呀。」

我仔細一看，發現他的雙耳都患有嚴重的耳漏，膿水眼看就要流出耳朵外了。

「這怎麼能行呢，很痛吧？」我略帶誇張滿臉驚訝地問他。

「都怪我在大雨中拽著你跑，對不起啊！」

我用女人般的柔聲細語向他道歉，之後，下樓取來棉棒和酒精，讓竹一把頭枕在我的膝蓋上，小心翼翼地為他清理耳朵。竹一似乎一點也沒覺察出這是我偽善的詭計。

「你這傢伙，肯定會被女孩子迷戀上的！」

枕在我膝蓋上的竹一，說著愚蠢的奉承話。

多年之後我才知道，連竹一也沒意識到的這句話，竟然像可怕的惡魔讖言。什麼「迷戀」還是「被迷戀」，這種話極其低俗和戲弄，給人一種自鳴得意之感，不論是在多麼「嚴肅」的場合，這樣的話只要蹦出一句，憂鬱的聖殿頃刻間就會土崩瓦解，變得索然無味。如果不是用這樣的俗語，而是用文學語言「被愛的不安」來表現，憂鬱的聖殿也許就會安然無恙，想來真的奇妙無比。

我給竹一清理耳朵裡的膿水時，當聽到他奉承我「你這傢伙，肯定會被女孩子迷戀上的！」這句話時，我只是紅著臉一笑了之，並未用片言隻語去回應。然而，置身於因「被迷戀」這種粗俗的說法所產生的自鳴得意的氛圍，實際上在心裡暗暗覺得他的話不無道理，這樣想還不及落語裡大少爺愚蠢的對白。所以，我當然不會用輕佻嘲弄、自鳴得意的想法，去認同他的話的不無道理。

於我而言，世上的女人不知要比男人費解多少倍。我家裡的女性人數比男性多出很多，而且親戚中也是女性居多，包括那些「犯罪」的女傭，把自己說成自幼是在女人堆裡長大，我想一點都不為過。不過，實際上我卻一直抱著如履薄冰的心態與她們打交道，她們的心思難以捉摸。有時，身陷在五里霧中，如同踩住了老虎尾巴，慘遭失敗，與來自男性的鞭撻不同，彷彿內出血讓人產生極度的不快感，是很難治癒的內傷。

女人有時會將我一把拽到身邊，有時又將我甩開冷眼相待，甚至在眾目睽睽之下藐視我、羞辱我，誰都不在時，又緊緊地摟住我。女人像死去一樣酣睡，彷彿為睡而生。我從小就對女人做過各種觀察，雖同屬於人類，卻感覺是與男人迥然不同的生物，而且莫測費解，時刻不能鬆懈對她們的警覺，不可思議的是，卻是這些女人一直呵護著我。「被迷戀」和「被喜歡」都不符合我，反而是「被呵護」這一說法更貼近我的實情。

對待搞笑，女人比男人更顯得舒心隨意。我每次搞笑時，男人不會總是哈哈大笑，而且我心裡也清楚，在男人面前過於得意忘形地搞笑，肯定會招致失敗，所以我特別留意見好就收。女人卻不懂什麼叫「適可而止」，她們總是沒完沒了地要求我搞笑，為了滿足她們一而再再而三的「再來一個」，我累得筋疲力盡。她們真的很能笑。女人似乎比男人更具備享受笑的特質。

我在中學寄宿的親戚家裡，兩位表姊一有空便會來到我二樓的房間，每次都嚇得我差點跳起來，一個勁地感到緊張害怕。

「你在學習嗎？」

「沒有。」我微笑著合上書本說，「今天啊，學校裡有位叫棍棒的地理老師……」

從我的口中蹦出的都是言不由衷的笑話。

「小葉，你戴上眼鏡讓我們看看。」

有一天晚上，二姊節子和大姊一起來我的房間玩，讓我做了許多搞笑表演後，提出了這樣的要求。

「為什麼？」

「別問這麼多，先戴上眼鏡，借戴一下大姊的眼鏡！」

她總是用蠻橫的語氣跟我說話。於是，搞笑的我只好乖乖地戴上大姊的眼鏡。那一刻，她們倆笑得前俯後仰。

「太像了！簡直跟勞埃德一模一樣！」

當時，哈羅德．勞埃德這位外國喜劇電影演員在日本正博得人氣。

我站起來舉起一隻手：

「諸位，這次我要為日本的影迷們……」

我試著說開場白，更是讓她們大笑不止。從那以後，每當勞埃德的電影在這個小鎮上演時，我是每場必看，並悄悄地琢磨和研究他的表情。

還有一次，在某個秋日的夜晚，我正躺在床上看書，大姊像飛鳥一樣跑進我的房間，突然趴在我的被子上哭起來。

「小葉，你一定會救我吧？對吧？這樣的家，我們還不如一起離開了好呢。救救我，救救我。」云云。

她的嘴激烈地傾訴著，接著又開始哭起來。不過，我並不是第一次目睹女人這樣的態度，所以對大姊的激烈言詞並不吃驚，相反，倒是對她陳腐空洞的話感到乏味與掃興。我輕輕地從被窩起身下床，削去桌子上柿子的皮並切好，遞給了大姊一塊。大姊抽抽搭搭地吃著柿子。

「有什麼好看的書嗎？借我看看。」她說道。

我從書架上選了一本夏目漱石的《我是貓》給她。

「謝謝你的款待。」

大姊羞澀地笑著，走出了房間。不光是這位大姊，女人到底是懷著什麼樣的心情活著呢？對我來說，思考這種問題比揣摩蚯蚓的心思還要複雜與煩瑣，想來感到可怕。不過，憑靠我幼時的經驗，我明白了這一點：當女人像剛才那樣痛哭流涕時，只要給她一些甜食，她吃過後心情自然就會變得開朗。

另外，二姊節子有時也會領著她的朋友來我的房間，我仍一如既往，公平地逗大家開心。等朋友們離去後，節子一定會說一番那些朋友的壞話，諸如「那個人是不良少女，小心點啊」等等。既然這樣說，你不領她來玩不就行了嗎？也多虧了節子，來我房間的客人，幾乎都是女性。

可是，竹一那句「被迷戀」的奉承話還是沒有實現。總之，我不過是日本東北的哈羅德．勞埃德罷了。竹一那句愚蠢的奉承話，成為可恨的預言活生生地呈現出不祥的兆頭，是多年以後的事。

竹一還送了我一份重要的禮物。

「這可是妖怪畫啊。」

有一次，竹一到我的二樓來玩時，沾沾自喜地拿出一幅原色版的卷頭插圖給我看，這樣說道。

「咦？」我想到了。那一瞬間，我的墮落之路似乎就被注定了，直到多年後我仍這麼認為。我知道那不過是梵谷的自畫像而已。在我的少年時代，法國的所謂印象派繪畫在日本廣為流行，對西洋繪畫的學習與鑑賞首先從這些作品開始，梵谷、高更、塞尚、雷諾瓦等人的畫作，即使是鄉下的中學生也大都見過圖片版。我也看過不少梵谷的原色版畫作，對他繪畫的構圖和色彩的鮮豔感頗感興趣，但我從未想過他的自畫像是什麼妖怪畫。

「那你看看這種畫怎麼樣？也像妖怪嗎？」

我從書架上取下莫蒂里安尼的畫冊，讓竹一看其中一幅古銅色肌膚的裸體婦人畫像。

「棒極了！」竹一瞪圓了眼睛感歎道，「就像地獄之馬。」

「果然還是妖怪吧。」

「我也想畫這種妖怪畫呢。」

對人類極度恐懼的人，反而更希望見識一下可怕的妖怪心理，與愈是神經質的膽怯之人，愈是祈望暴風雨來得更猛烈的心理如出一轍。啊，這群畫家深受人類這種妖怪的傷害和恫嚇，最終相信幻影，在光天化日的自然中，活靈活現地目睹了妖怪。但他們從不搞笑，以此來掩飾妖怪，而是竭力表現出自己所見的景物。正如竹一所言，毅然畫出「妖怪的畫像」。一想到我未來的夥伴就在這裡，不禁興奮得熱淚奪眶而出。

「我也畫啊，畫那種妖怪畫像，畫那種地獄之馬。」

不知為何，我壓低了聲音對竹一說道。

我從小學時就喜歡畫畫和欣賞畫，但我的畫不像作文那樣受人稱讚。因為我壓根兒就不相信人類的語言，所以作文於我而言就像搞笑的寒暄語，雖然我的作文在小學和中學能把老師們逗得笑翻，但我自己並不覺得有趣。唯獨繪畫（漫畫等另當別論）在物件的表現上，能用自己幼稚的自我風格去下一番苦功夫。學校美術課的畫帖非常無聊，老師的畫更是拙劣透頂，因此我不得不靠自己的胡亂摸索來嘗試繪畫的各種表現手法。進入中學後，我也有了一套自己的油畫畫具，但無論我怎樣把印象派當作範本，從其畫風中尋求技藝，自己的畫卻總是像彩色印花紙工藝一樣呆滯得不成體統。不過，竹一的一句話卻讓我茅塞頓開，意識到自己以前對繪畫的認識都是錯誤的。感受美麗的事物，並如實地表現出它們的美麗，這種想法是多麼的幼稚和愚蠢。大師們主觀地將平淡無奇的東西創造得美麗無比，或曰即便他們對醜陋的事物感到噁心嘔吐，也並不掩飾他們的興趣，依舊沉浸在表現的愉悅之中。換言之，他們絲毫不為別人的觀點所左右。打從竹一那兒獲得原始畫法的祕訣，我便瞞著那些女性來客，開始一點一點地著手畫起了自畫像。

連我自己都頗為震驚的一幅陰鬱的自畫像誕生了。這正是我隱藏於內心深處的真實面目。表面上我開朗快活，常常逗得大家發笑，其實內心卻晦暗無比，這種毫無辦法的事雖然暗自肯定，但那幅畫除了竹一外，我沒有讓任何人看。我不希望讓別人看穿我搞笑背後的陰鬱，更討厭突然被別人小心提防。另外，我擔心別人沒有發現這是我的本來面目，而依然被視為一種新的搞笑方式或笑料，這比什麼都讓我痛苦難堪，所以我立刻把那幅畫藏進了抽屜深處。

在學校的美術課上，我隱瞞「妖怪式畫法」，以平庸的筆觸，美麗地畫著原本美麗的事物。

以前，我只在竹一面前不在乎暴露自己容易受傷的神經，所以放心地讓竹一看了我的自畫像，萬萬沒想到的是竟被他讚不絕口。於是，我又連續畫了兩三幅妖怪的畫像。竹一又送給我一個預言：

「你會成為一名偉大的畫家。」

不久，扛著傻瓜竹一賦予我的「被迷戀」和「會成為一名偉大的畫家」這兩個預言，我來到了東京。

我本來想上美術學校，可父親早打算讓我讀高中，以便日後從政當官。由於父親以前就吩咐過我，我也不敢頂嘴，只好茫然遵從。父親讓我從四年級開始報考高中，而我自己也正好對海邊的櫻花中學感到了厭倦，所以沒上五年級，上完四年級後我直接考進了東京的高中，開始了寄宿學校的生活。可是，宿舍的骯髒和粗暴讓我實在難以忍受，根本沒心情和餘力去搞笑，我懇請醫生幫我開了一張「肺浸潤」的診斷書，搬出了學生宿舍，住進父親位於上野櫻花町的別墅。我無論如何都無法適應集體生活，什麼「青春的感動」，什麼「年輕人的驕傲」，這類話聽著就渾身打戰，「高中生的蓬勃朝氣」也與我格格不入。無論是教室還是宿舍，感覺簡直就是彌漫著性欲扭曲的垃圾堆，我那近乎完美的搞笑本領，在此根本派不上用場。

父親在議會休會時，每個月只在別墅住一兩週。所以，父親不在時，寬敞的別墅裡，只剩下管家老夫婦和我三個人。我常常蹺課，又沒有心思遊逛東京（最終連明治神宮、楠木正成的銅像、泉嶽寺的四十七烈士墓都沒去過），整天窩在家裡看書畫畫。父親回東京時，我每天早上都匆匆地趕往學校，但實際上有時是去了本鄉千馱木町的油畫家安田新太郎的繪畫教室，連續三四個小時練習素描。從高中宿舍出來後，即使到學校坐在教室上課，也感覺自己就是一位身分特別的旁聽生。很有可能這是我的偏見，去了學校就興趣索然，也就更懶得去上學了。從小學、中學、高中一路走過，最終還是無法理解何謂愛校之心，也從沒想過學唱校歌。

不久，在繪畫教室，我從一位學畫畫的學生身上沾染了菸酒、嫖娼、當鋪和左翼思想。這些詞語雖說是奇妙的組合，卻是事實。

這位學畫畫的學生名叫堀木正雄，出生於東京的平民居住區，長我六歲，畢業於私立美術學校，由於家裡沒有畫室，所以他好像在這個繪畫教室繼續學習油畫。

「能不能借我五元錢？」

我們雖然彼此相識，但只見過幾次面，且從未說過一句話。我不知所措地掏出五元錢。

「太好了！走，去喝酒。我請客。」

我無法拒絕，被他拽進了繪畫教室附近蓬萊町的咖啡酒吧，我們倆的交往就這樣開始了。

「我早就注意到你了。你羞澀的微笑，是前途無量的藝術家特有的表情。為了紀念我們倆的相識，乾杯！小娟，這小子是美男子吧？妳可不要迷上他呀。這小子來到繪畫教室後，遺憾的是，我淪為了第二號美男子。」

堀木膚色黝黑，五官端正。著一身板正的西裝，繫著素雅的領帶，頭髮抹了髮油，留了個中分頭，在繪畫教室的學生中，這樣的打扮是很少見的。

置身於陌生的環境，心中略顯緊張。一會兒盤著胳膊，一會兒又鬆開，始終面帶羞澀的微笑。喝下兩三杯酒後，卻格外有一種像被解放的輕鬆感。

「我本來也想上美術學校的，可是……」

「哎呀，可沒意思了，那地方無聊透了。學校無聊得很。我們的老師在大自然中！我們要對大自然充滿熱情！」

然而，我對他說的話沒有感受到一點敬意。覺得他是個蠢貨，畫的畫肯定也糟糕透頂，不過也許是一個不錯的玩伴。總之，他是我有生以來第一個見識的都市裡真正的無賴。儘管他跟我是完全不同類型的人，但在迷茫地游離於人世間的營生這一點上，又和我是同類人。可是，他在無意識之中搞笑，對搞笑的悲哀渾然不知，這正是我們倆在本質上

的不同。

只是在一起玩，只當他是一位玩伴。我常常在心裡蔑視他，有時甚至恥於與他為伍，卻又與他結伴而行，不知不覺中，我被這個男人打敗了。

起初我認為他是個好人，一個難得的好人，連怯生怕人的我對他也都沒有絲毫的戒心，認為遇到了一位東京的好嚮導。其實，我自己一個人坐電車時害怕列車長；想進歌舞伎劇場時，看到大門口鋪著紅地毯的樓梯兩側站著引座的小姐，我便望而卻步；進入餐館時，悄悄站在我背後，等著收拾碗碟的服務員也讓我發怵；尤其在購物付款時，啊！自己僵硬笨拙的手勢並非出於吝嗇，而是由於我的過度緊張、害臊、不安和恐懼，覺得頭暈目眩，眼前的世界一片黑暗，真的是要陷入精神錯亂的狀態，別說討價還價了，甚至連買的東西和找的零錢都忘記拿。因此，我根本無法一個人行走在東京街頭，無奈之下，只好整日窩在家裡度日。

把錢包交給堀木一起逛街時，堀木很會討價還價，而且很懂得玩，能以最少的錢發揮出最大的效果。他從來不坐昂貴的計程車，即使乘坐電車、公共汽車、小汽艇等等，他也會分清路段，以最短的時間抵達目的地，施展他超人的手腕。早晨從妓院回家途中，他會順道拐到某家餐館泡熱水澡，再點盤豆腐，喝幾杯小酒，價格便宜，卻感覺很奢華，以此對我實施現場教育。他還告訴我，攤販賣的牛肉蓋飯和雞肉串燒既便宜又營養；還向我保證說，「電氣白蘭地」這個牌子的酒勁是發作最快的。總之，跟他一起結帳付款，再也感覺不到任何的恐懼與不安。

與堀木交往的另一個好處，則是他完全無視對方的想法，只是一味地釋放自己的激情（或許他所謂的激情就是無視對方的立場），一天到晚沒完沒了嘮叨著無聊的話題，完全不用擔心兩個人走累了會陷入尷尬的沉默。與人交往時，我最警惕這種可怕的沉默場面出現，所以，生性沉默寡言的我，才會先聲奪人地拚命搞笑，可是，現在堀木這個蠢貨自己卻無意識地承擔了搞笑的角色，我根本用不著接他的話茬，只要當作耳旁風，偶爾笑著敷衍一句「怎麼可能」就行了。

不久我也漸漸明白，菸、酒和妓女都是暫時消除我對人類的恐懼的絕妙手段。為了尋求這些手段，我甚至覺得變賣一切家當也在所不惜，無怨無悔。

在我看來，妓女既非人，也非女性，有點像白痴或瘋子，在她們的懷裡，我反而完全安心落意，能酣然入睡。其實，大家都很悲哀，沒有絲毫的欲望。也許是我切身地感受到了近似同類的親近感吧，那些妓女總是向我展示出自然而然的好意。她們毫無算計之心的善意、毫不強人所難的善意、對也許不會再來光顧者的善意，使我在某些夜晚，從這些看似白痴和瘋子的妓女身上，真實地看到了聖母瑪利亞的光環。

不過，當我為了擺脫對人的恐懼，尋求可憐的一夜安眠，去妓院與那些我的「同類」妓女尋歡作樂時，一種不自覺的令人厭惡的氣息開始飄蕩在我的身邊，這完全是出乎我預料的「隨贈附錄」，可是，這個「附錄」漸漸鮮明地浮出表面，被堀木一眼看穿時，我為之愕然，深感厭惡。在旁人看來，通俗一點說，我是藉著妓女修練自己，而且大有長進，據說藉著妓女修練與女人打交道的能力，是最為嚴苛且又是最富有成效的。「女人們」的氣息已經圍繞我的全身，女性（不只限於妓女）會憑藉本能嗅出這種氣息，然後紛至沓來。這種帶有猥褻、不光彩氣氛的「隨贈附錄」降於我身，好像比我想休養與安眠顯得更

加醒目。

堀木也許半帶著奉承說出了這番話，使我痛苦地感覺到頗有道理。比如，我收到過咖啡酒吧一位女孩稚拙的情書；櫻木町鄰居將軍家一位二十來歲的女兒，每天早晨在我去上學的時間段裡，明明沒什麼事，卻化著淡妝在自己家門前進進出出；去吃牛肉飯時，就算我一言不發，那位女店員也會……還有我常去買菸的那家香菸店的女兒，她遞給我的香菸盒中竟然有……去看歌舞伎時，鄰座的女孩……在深夜的電車上，因喝多睡著時……意想不到從老家親戚的女兒那裡寄來的遐思遙愛的情書……不知是哪位素不相識的女孩，趁我不在家時送來親手製作的布娃娃……由於我的極度消極，每一次都僅此而已，只是一個殘缺的斷片，沒有進一步發展。但令女性魂牽夢繞的氣息圍繞在我身體的某一處，不是隨口胡謅的玩笑，而是不容否定的事實。這一點被堀木看穿時，我感到屈辱般的痛苦，同時，也對尋花問柳失去了興致。

有一天，堀木再次出於趕時髦的虛榮（對堀木而言，除了這個理由外，我至今仍無法去思考其他理由），帶我去參加了一個祕密研究會的「共產主義讀書會」（大概叫R. S吧，我記不太清楚了）。也許對於堀木這樣的人而言，共產主義的祕密聚會，說不定與「遊覽東京」的一處景點沒什麼區別。我被介紹給所謂的「同志」，還讓我買了一本學習手冊，聽坐在首席那位長相醜陋的青年講授馬克思經濟學。可是，對我來說，那些都是再明白不過的內容了。他講的雖然沒錯，但人類的內心存在著更為可怕莫名的東西。說是欲望，不足以概括；說是虛榮，又不夠確切；即使把「色」與「欲」兩者並列一起描述，仍不足以形容。我自己也弄不明白，在人世間的根基裡，總覺得不單單只有經濟，還存在著荒唐怪談之類的事。對於懼怕這種怪談的我，雖然就像水往低處流一樣自然地肯定著唯物論，卻無法藉此擺脫對人類的恐懼，無法放眼綠葉感受到希望的喜悅。不過，我從未缺席地參加R. S（記得是這麼叫的，也許有誤）的聚會，「同志」們個個如商討天下大事，不苟言笑地繃著臉，沉浸於猶如「一加一等於二」之類的初等算術的理論研究中，此情此景的滑稽真讓人忍俊不禁。我以自己往日慣用的搞笑方式，活躍聚會的氣氛。可能是因為這個緣故吧，研究會死氣沉沉的氣氛漸漸變得愉快輕鬆，而我也成了聚會中很有人氣的人。這些貌似單純的人們，或許以為我和他們一樣單純，是一個樂天派愛搞笑的「同志」。果真如此的話，那我可是徹頭徹尾地欺騙了他們。我並非他們的「同志」。可我逢聚會必到，為大家提供搞笑服務。

因為我喜歡這樣做，喜歡這些人，但未必是因為馬克思而建立起來的親密感。

非法，帶給我小小的樂趣，莫如說它使我心曠神怡。人世間合法的東西反而更可怕（它們都讓人預感到高深莫測的東西），構造複雜費解，我根本無法坐進那沒有窗戶的陰冷房間，即使外面有一片非法的大海，我也要縱身跳進去，暢游到死亡，對我來說，更輕鬆痛快。

有句話叫「沒臉見人的人」，指的好像是人世間悲慘的失敗者、道德敗壞者，我覺得自己從一出生就是「沒臉見人的人」，所以每每遇到被世間公認為是「沒臉見人的人」，我的心就會變得非常和善，這樣的「善心」有時連自己都會陶醉。

還有一句話叫「犯罪意識」，活在這人世間，我一生都遭受這種意識的折磨，可它又好像是我糟糠之妻一樣的好伴侶，唇齒相依，與我耍鬧著孤寂的遊戲，這也算是我活著的另一種姿態吧。另外，好像還有一句俗話叫「小腿有傷，心有隱疚」。這種傷痕自襁褓就長在我的一條腿上，隨著長大非但沒有痊癒，反而日趨嚴重，並深入骨髓，每晚的痛苦如同掉進千變萬化的地獄，但是（這種說法有點奇怪）這種傷痕逐漸變得比自己的血肉還要親密，傷痕的疼痛就像它活生生的情感，甚或是痴情的低語。對我這樣的男人而言，地下運動組織的氣氛讓我感到格外的安心與愜意。總之，比起地下運動的實質目的，那種運動的氛圍更適合我。堀木只是出於好玩的心理，他把我介紹給這個聚會後就再也沒參加過，他曾給我開過一句玩笑：「馬克思主義者在研究生產的同時，也有必要考察消費嘛。」所以他不去參加聚會，只是一味地想叫我去考察消費。回想起來，當時各種類型的馬克思主義者還真有不少。有像堀木這樣出於虛榮的趕時髦而以此自居者；又不乏像我一樣，只是喜歡那種「非法」的氛圍而坐在聚會中的人。假若我們的真面目被馬克思主義真正的信徒識破，無論堀木還是我，想必都會遭到他們烈火般的怒斥，被視為卑鄙的背叛者而驅趕出他們的組織吧。但是，我和堀木都沒有遭受除名處分，尤其是我，置身於非法的世界中，居然比置身於合法的紳士世界更顯得輕鬆愉快，甚至言行舉止更為「健康」，作為前途無量的「同志」，許多重要的機密任務委派我去做，真讓人笑噴。事實上，對於委派的任務我從不推辭，都是沉著應對，一一接受，也不曾因為舉止反常而遭到「狗」（同志們都這樣稱呼員警）的懷疑和盤問。我總是一臉笑容，也搞笑別人，準確無誤地完成他們交給我的所謂的危險任務（那些從事地下運動的傢伙，常常如臨大敵一樣地緊張，有時還笨拙地模仿偵探小說，保持高度警惕。委託我做的任務都極其無聊，卻煞有介事地製造出緊張的氣氛）。就我當時的心情而言，就算成為黨員被捕，終身在牢獄度過也無怨無悔。我想，與其恐懼人類的「真實生活」，在每晚不眠的地獄呻吟，還不如待在牢獄裡舒服。

在櫻木町的別墅裡，父親忙於接待來客和外出辦事，即使同住一個屋簷下，也是三四天還見不上一面。雖然如此，父親的難以接近和我對他的恐懼感，總讓我想方設法搬出這個家到外面租房住。但我還沒來得及說出口，就從別墅的老管家那裡聽說父親打算賣掉這棟房子。

父親的議員任期即將屆滿，加上其他種種理由，父親完全沒有繼續參選的意願。為此，他在老家蓋了一棟養老隱居的新房，對東京似乎已不再留戀。他或許覺得我充其量不過是一個高中生，為我保留別墅和傭人是一種浪費吧（父親的心思與世人一樣，不是我都能理解的）。總之，這棟別墅不久就轉售給了別人，而我也搬進了本鄉森川町一個叫「仙遊館」的陰暗公寓裡，生活頓時變得拮据窘迫。

在此之前，父親月月都會給我定額的零花錢，這些錢就算兩三天花完，香菸、酒、乳酪、水果等，家裡應有盡有，至於書、文具、衣服等其他東西，隨時都可以在附近的店鋪賒帳購買，就算是請堀木吃蕎麥麵和炸蝦蓋飯，只要是街道上父親經常光顧的餐館，我都可以吃完後一聲不吭地走人。

但現在突然一個人租房獨居，一切花銷都必須在每個月的定額匯款中支出，一下子讓我不知所措。匯款依然是在兩三天揮霍殆盡，我驚慌失措，因心中沒底而變得近乎發瘋，輪流給父親、哥哥、姊姊等發電報，或寫長信（信中所寫的，全是虛構的搞笑內容。總覺得，求助於他人，先逗對方開心方是上策），催他們快點寄錢給我。而且，在堀木的教唆下，我開始頻繁地出入當鋪，可即便這樣，還是入不敷出。

歸根結柢，我還是缺乏在無親無故的租屋內獨自生活的能力。我害怕一個人靜靜地待在租屋的房間裡，總覺得會被誰突然襲擊一下，於是跑到大街上，要麼去協助地下運動，要麼和堀木一起到處去喝廉價酒，學業和繪畫全都荒廢了。在進入高中第二年的十一月，發生了我和一名有夫之婦殉情的事件，從此我的人生境遇完全改變。

上學經常曠課，學習也從不用功，但每次考試都深得考題要領，所以一直瞞過了家人。可是，終因曠課太多，學校好像悄悄通報了老家的父親，大哥替父親給我寫來了一封措詞嚴厲的長信。不過，比起這封信，我最直接的痛苦是手頭拮据，以及地下運動的任務愈來愈激烈和忙碌，使我再也無法以半當遊戲的心態去面對了。不知該稱中央區還是什麼區，我當上了包括本鄉、小石川、下谷、神田那一帶所有學校的馬克思學生隊的隊長。聽說要搞武裝暴動，我買了一把小刀（現在想來，那不過是一把細弱得連鉛筆都削不好的小刀），把它裝進雨衣的口袋裡四處奔走，以便進行所謂的「聯絡」。多想一醉方休，大睡一覺，可手頭沒錢。而從Ｐ（我記得這是稱呼黨的暗語，或許有記錯）那兒又不斷地下達新任務，忙得連喘息的時間都沒有。我虛弱多病的身體愈來愈吃不消了。本來我只是因為對「非法」感興趣才參加了這個地下運動，沒想到卻假戲真做，手忙腳亂得不可開交，我不禁在心中暗暗對Ｐ這幫人抱怨：你們找錯人了吧？這些任務怎麼不交給你們的嫡系成員去做呢？於是，我選擇了逃避。逃避果然令我難受，我有時真想一死了之。

那時，有三個女人對我特別有好感，其中一位是我寄宿的仙遊館老闆的女兒。每當我忙碌完地下運動身心俱疲地回到房間，飯也不吃地躺在床上時，她一定會拿著信箋和鋼筆來到我的房間。

「抱歉，樓下弟弟妹妹太吵，一封信都無法坐下來寫。」

說罷就坐在我的桌子旁，一寫就是一個多小時。

我原本可以佯裝什麼也不知道地躺著，可那姑娘好像希望我能對她說些什麼，所以我又發揮了被動的服務精神。事實上我一句話也不想說，只是勉強用疲憊的身軀打起精神，趴在床上邊抽菸邊說道：

「聽說有個男人，用女人寫給他的情書燒水洗澡。」

「哎呀，討厭死了。是你吧？」

「我？我只用情書煮過牛奶喝。」

「太榮幸啦，你喝呀。」

我暗暗想，這個人怎麼還不快點走？說什麼寫信，明明是在那兒裝模作樣地胡亂寫著什麼磨蹭。

「讓我看看妳寫的吧。」

話雖這樣說，其實我死也不想看。她卻嬌聲低氣地嚷嚷道：「哎呀，不要啦，哎呀，不要啦。」她那喜上眉梢的神情實在不堪入目，讓我大為掃興。於是，我想吩咐她做一些事。

「不好意思，妳能不能去電車道路旁的藥店幫我買點卡爾莫欽*？我真的快累死了，臉上發燙，睡不著覺，麻煩妳了。錢嘛……」

「好啊，錢沒關係的。」

她開心地起身離去。吩咐女人辦事，絕對不會讓她們感到無趣，如果男人拜託女人去做事，她們反而很開心。這種事我最清楚不過了。

另一個女人是高等女子師範大學的文科生，是一位所謂的「同志」。因地下運動的緣故，無論願意與否，我每天都不得不與她碰面。碰面結束後，這個女人總是緊隨我身後，不停地給我買這買那。

「你就把我當作你的親姊姊好啦。」

——＊一種安眠藥。

她這種假惺惺的做作腔調聽得我直起雞皮疙瘩。我做出一副略帶傷感的微笑表情應答道：

「我也正是這麼想的。」

總之，惹怒她很可怕，必須得想出一個辦法討好她。出於這種想法，我把這位既醜陋又討厭的女人伺候得愈來愈好，讓她買東西給我（她買的東西其實品位極差，我大多立刻轉手送給了雞肉串燒店的老闆），並裝出眉歡眼笑的樣子，開玩笑逗她開心。夏日的一天晚上，怎麼也擺脫不掉她的糾纏，只是為了想打發她早點離開，我便在街頭陰暗的角落親吻了她，沒料到她興奮得欣喜若狂，叫了一輛計程車，把我帶往他們為了地下運動而祕密租借的一間窄小的洋式辦公室，折騰了一整夜。我不禁暗自苦笑，真是個意想不到的姊姊。

無論是房東家的女兒，還是這位「同志」，我們每天都不得不碰面，所以，不像以前那些女人可以巧妙地躲避，最後出於慣有的不安心理，我拚命地討她們倆歡心，結果自己被牢牢地束縛住了。

同一段時間，我從銀座一家大型咖啡酒吧的女服務員那裡，得到了意想不到的關照。儘管只是一面之交，但囿於那種關照，我還是感到了一種被束縛得無法動彈的憂慮和恐懼。那時候我已無須依賴堀木的嚮導，能一個人坐電車，能一個人去歌舞伎劇場，還能一個人穿著碎花和服光顧咖啡酒吧，多少已能擺出一副厚臉皮的模樣。在內心深處，我完全沒變，依舊對人類的自信和暴力感到疑惑、恐懼與煩惱，但至少表面上可以與他人一本正經地打招呼了。不，不對，我仍屬於那種不帶著失敗的丑角式苦笑，就無法跟他者打招呼的人。總之，即便是驚慌忘我結結巴巴，也能與人打招呼了。這種能打招呼的「伎倆」，難道是以前為地下運動四處奔波而磨練出來的？還是因為女人？或曰酗酒？但主要還得歸功於手頭的拮据。不論身在何處，我都會感到恐懼與不安，反而如果在大型咖啡館，在很多醉漢、女服務員、男服務員的擁來擠去裡，自己不斷被追逐的心靈不是也能獲得平靜嗎？我帶上十塊錢，一個人走進銀座那家大型咖啡酒吧，笑著對女服務員說：

「我身上只有十塊錢，妳看著辦吧。」

「你不用擔心。」

她的話帶有關西口音。而且，這句話竟然奇妙地讓我怯弱戰慄的心平靜了下來。不，這並不是因為我不用擔心錢的事，而是因為我覺得待在她身邊感到安心。

我喝了酒。因為對她很放心，我反而沒有心情扮演小丑去搞笑了，只是不加掩飾地現出我沉默寡言和陰鬱的原形，默默地喝著酒。

「這些吃的，有你喜歡的嗎？」

女服務員把各種菜餚擺在我面前，問我。我搖搖頭。

「只想喝酒嗎？那我也陪你喝一會兒吧。」

那是一個寒冷的秋夜。按照常子（記得她叫這個名字，但記憶模糊，不太確定。我這個人竟然連一起殉情自殺的人叫什麼都記不住）的吩咐，在銀座後街的一家露天壽司攤鋪上，一邊吃著難吃的壽司，一邊等她（雖然忘了她的名字，但那家難吃的壽司我卻記憶猶新。還有長得像黃頷蛇的光頭老闆，搖頭晃腦地捏著壽司，佯裝一副手藝高超的樣子，至今仍歷歷在目。多年後，在電車上，很多次都覺得一些人的面孔似曾相識，想來想去，最後才想起原來與那家壽司攤鋪的老闆很像，不禁苦笑再三。那個女人的名字和面孔即使現在淡出了我的記憶，卻唯獨鮮明地記著那家壽司攤鋪老闆的面孔，甚至能正確地描摹出他的畫像，可見當時的壽司有多麼難吃，是帶給我寒冷和痛苦的記憶所致。話雖如此，就算有人帶我去好吃的壽司店，也從不覺得好吃。壽司實在是太大了，我總在想，難道就不能捏成像大拇指一樣大小嗎）。

她在本所的木匠家二樓租住了一個房間。在那棟租屋的二樓，我完全不用掩飾自己平時陰鬱的內心，像遭受劇烈牙痛一樣捂著臉喝茶。我的這種姿勢反而贏得了她的歡心。她給人的感覺，就像身邊刮著凜冽的寒風，只有落葉飄零著飛舞，是一位完全孤立的女人。

跟她一起躺在床上休息，從其談吐裡得知，她長我兩歲，老家在廣島，她說：「我有老公呢，原本在廣島開理髮店。去年夏天，我們倆一起私奔到了東京，但我老公在東京不做正經工作，之後被判了詐騙罪，現在還在蹲監獄呢。我呀，每天都去監獄給他送點什麼，不過從明天起，我再也不去了。」不知何故，我對女人的身世毫無興趣，也不知道是她缺乏說話技巧，還是搞錯了說話的重點，總之，對我來說，她的話不過都是耳旁風。

真寂寞啊。

比起女人對自己身世千言萬語的傾訴，反而是這樣一句短短的喟歎更能引起我的共鳴，儘管一直期待，但詭異的是，卻從沒有從人世間的女性中聽到過這樣的喟歎。不過，這個女人雖然嘴裡沒說「真寂寞啊」，但她身體的外部輪廓中卻環繞著劇烈的無言寂寞，彷彿流動著一寸見方的氣流，只要靠近她，我的身體就會被那股氣流包裹，與我那長滿刺的陰鬱氣流恰到好處地交融在一起，就像「落在水底岩石上的枯葉」，使我得以從靠近和不安中脫身。

這與躺在那些白痴妓女的懷中安然酣睡的感覺迥然不同（首先，那些妓女都很開朗快活），跟這個詐騙犯的妻子度過的一夜，對我來說，是被解放了的幸福之夜（語言如此毫不猶豫地誇張與肯定，在我所有的手記中都是絕無僅有的）。

但也僅有這一夜而已。當我早晨醒來跳下床，我便又變回了那個淺薄、善於偽裝的搞笑角色。膽小鬼連幸福都害怕，碰到棉花都會受傷。有時也會被幸福傷害。趁著自己還沒受傷，我著急盡快與她分手，於是，我又使出了搞笑慣用的花言巧語。

「俗話說『財竭緣盡』，其實，這句話被解釋反了。其意是，並非錢用完了，男人就會被女人甩掉。而是男人沒有了錢，自己就會意志消沉，一蹶不振，連笑的氣力都沒有，而且也會慢慢變得莫名怪僻與暴躁，最終破罐子破摔，近乎瘋狂地拋棄女人。《金澤大辭林》上就是這麼解釋的。真可憐啊，我也懂得那種心情。」

我確實說過這樣的蠢話，也記得常子笑噴的場面。我覺得久留會很可怕，臉也沒洗就匆匆離去，可沒想到的是，我當時脫口而出的「財竭緣盡」這句話，後來竟與我發生了意外的關聯。

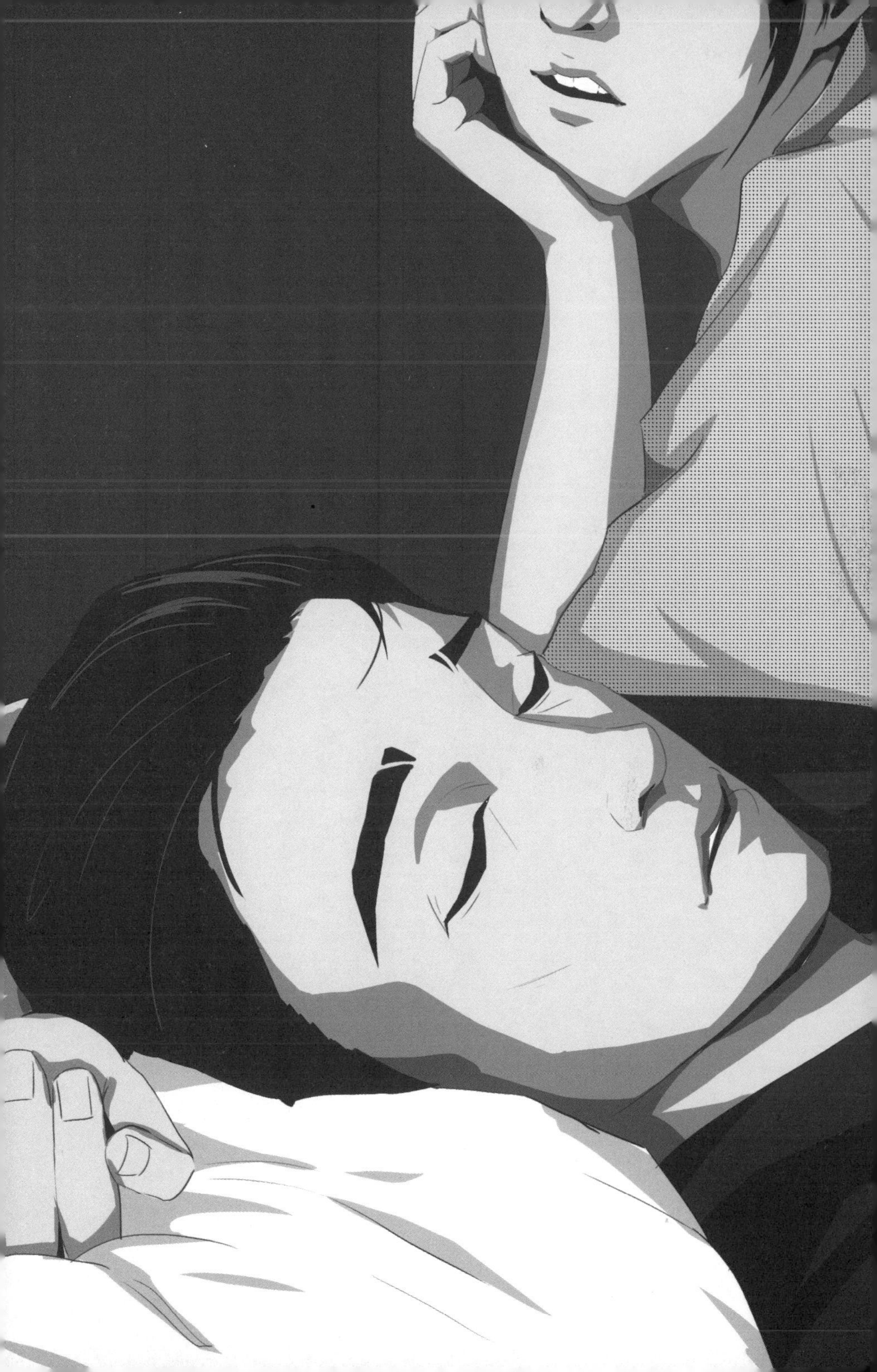

此後的一個月，我沒有再與那位一夜恩人見面。分手之後，隨著時間的流逝，我的喜悅之情日漸淡薄，反而是受過她恩惠這一點讓我惶惶不安，身心皆感受到一種強烈的束縛。當時，那家咖啡酒吧的費用全部是常子一個人買單，連這種俗事也開始讓我耿耿於懷，我覺得常子最終跟房東的女兒、高等女子師範大學的那個女人沒啥兩樣，都是脅迫我的女人，即使遠離她們，還是對她們充滿恐懼，而且我覺得，再次遇到自己睡過的女人時，她們可能會突然怒火噴發，因而非常恐懼再次與她們重逢。基於這種性質，我對銀座採取了敬而遠之的態度。不過，我的這種怯弱絕不是狡猾，而是因為我不能理解女人這些不可思議的現象：女人不會讓前一天晚上的床第之歡，與翌日早晨起床後之間發生蛛絲馬跡的關聯，她們彷彿忘卻了一切，徹底切斷這兩個世界而活著。

十一月末，我與堀木在神田的攤鋪喝廉價酒，離開那家攤鋪後，這位狐朋狗友建議再找一家繼續喝，口袋裡的銀子明明都花光了，可他還是吵嚷著喝、喝、喝。那時，我也喝多了，酒勁壯膽，說道：

「好吧，既然這樣，那我就帶你去夢之國吧。你可別怕啊。那裡可是酒池肉林……」

「是咖啡酒吧嗎？」

「是的。」

「走吧！」

兩個人坐上了市營電車，堀木開心地嚷嚷：「我今晚對女人特別飢渴，可以親吻女服務員嗎？」

我不太喜歡堀木擺弄的這種醉態，堀木也知道這一點。所以他又特意補充道：

「可以嗎？親吻啦，我要親吻坐我旁邊的女服務員給你看。可以啊？」

「沒問題吧。」

「謝謝啊，我真的對女人很飢渴呢。」

我們倆在銀座四丁目下車，仗著常子的關係，身無分文地走進了那家所謂酒池肉林的咖啡酒吧，在一間空包廂裡與堀木面對面坐下，屁股還沒坐穩，常子和另一個女服務員便跑過來，那名女服務員坐我身邊，常子則倏地緊挨著堀木坐了下來。我心頭一驚，心想常子就要被堀木親吻了。

我沒有一點惋惜的心情。我這個人本來就沒有太強的占有欲，而且，就算隱隱覺得於心不忍，也沒膽量強調自己的所有權，也沒有精力去與人抗爭。甚至後來與自己同居的女人遭到別人的侵犯，也只能眼巴巴地默默旁觀。

我盡可能不去觸碰人與人之間的糾紛與爭鬥，被捲入那種漩渦非常可怕。常子只和我有過一次一夜情，她不屬於我，順其自然也不會覺得有惋惜的欲念，但還是吃了一驚。

一想到常子在我面前就要被堀木猛烈親吻這一幕，便為常子感到可憐。被堀木玷汙後，常子或許就不得不與我分手吧，而且我也沒有足夠的熱情挽留常子，啊！情竭緣盡了。我瞬間驚愕於常子的不幸，但又如水一樣平淡地放棄了。我的眼睛一次次掃過堀木和常子的臉，默默地冷笑起來。

事態卻出人預料地更加惡化了。

「算了吧！」堀木撇著嘴說道。

「就算我再怎麼飢渴，也不至於跟這種窮酸女人……」

堀木繃緊著嘴，抱著雙臂，眼睛盯著常子滴溜兒轉，一臉苦笑。

「再來杯酒，我身上沒錢。」我悄聲對常子說道。

我想痛快地喝個爛醉。從所謂世俗的眼光來看，常子確實是一個連醉漢都不值得親吻的窮酸醜女人。出乎意外的是，我竟然有一種五雷轟頂的感覺。我從未這樣喝過酒，一杯接一杯地喝乾再續，續了再乾，直到喝得天昏地暗，我與常子面面相覷，互相苦澀地微笑。經堀木這麼一說，她確實是一個疲憊而窮酸的女人，心裡這麼想的同時，一種同是窮人的親近感湧上心頭（我至今也這麼認為，貧富之間的矛盾或許已顯陳腐，但仍是劇本永恆的主題之一），此時的常子是如此的可愛，有生以來第一次感覺到一種積極主動的、微弱的戀情在心中蠕動。我吐了，吐得不省人事，醉得如此失態，於我還是第一次。

醒來時，枕頭邊坐著常子。原來我睡在本所木匠家的二樓房間。

「你說過，『財竭緣盡』，我還以為你是在開玩笑呢，你是真心話？難怪這麼長時間不來找我，緣分一刀兩斷哪有那麼容易，我賺錢給你花還不行嗎？」

「不行。」

然後，她也躺下睡了。天亮前，從她的口中第一次說出「死」這個字，對於人間生活，她似乎也已筋疲力盡，而我，一想到自己對人世間的恐懼、煩惱、金錢、地下運動、女人、學業，真的無法再忍受著這一切活下去，於是隨口答應了她的提議。

但當時我並沒有真正做好「死」的心理準備。一種「遊戲」心態仍潛伏在身體的某處。

那天上午，我們倆一起徘徊遊蕩在淺草的六區，進了一家咖啡館，各自喝了一杯牛奶。

「你結帳吧。」

我站起身，從袖口裡掏出錢包，打開一看，只有三塊銅幣，一種比羞恥更慘烈的感覺襲遍全身，突然間，我的腦海裡浮現出自己在仙遊館的那個房間，那個只剩下學生制服和坐墊，再也沒有任何物品可以拿去典當的荒涼房間。除此之外，我所有的家當就只有穿在身上的碎花和服與披風了。這就是我生活的現實，我非常清楚，自己真的活不下去了。

看到我不知所措的樣子，常子也站起身，瞅了一眼我的錢包說：

「唉？就只有這些？」

常子有口無心的這句話，卻讓我感到錐心刺骨的疼痛。這是我第一次為自己戀人的聲音感到心痛。這不是錢多錢少的問題，三塊銅幣根本就不算什麼錢，卻使我蒙受了從未有過的奇恥大辱，一種再也沒法活下去的屈辱感。畢竟那時的我還未能徹底擺脫闊少爺這種屬性吧。從那時起，我才真正下定了去死的決心。

那天夜晚，我們倆一起跳進了鎌倉的大海。「這條腰帶還是從咖啡館的朋友那裡借來的呢。」她邊說邊解下腰帶，疊放在岩石上，我也脫下披風，放在同一個地方，跟她一起跳進了大海。

女人死了，我卻獲救了。

也許因為我是一名高中生，再加上父親的名字多少有點新聞效應吧，這件事被作為重大事件刊登在報紙上。

我被收容在海邊的一家醫院，一位親戚還專程從老家趕來，幫我處理了很多事。這位親戚臨走前還告訴我，老家的父親和家人對此事都非常生氣，說不定會就此與我斷絕關係。可是，比起他轉告的這些，死去的常子更讓我想念，每天啜泣著以淚洗面。因為在我迄今認識的所有人中，我只喜歡那個窮酸的常子。

房東的女兒給我寫來了一封由五十首短歌構成的長信。每首短歌的首句全是反覆重複的「為我活著吧」這樣奇怪的句式。護士們笑容可掬到我的病房裡來玩，有的甚至總是在緊緊握過我的手之後才離去。

醫院查出我的左肺上有毛病，這對我來說倒是好消息。不久，我被員警以「協助自殺罪」從醫院帶到了警察局，在那裡員警把我當作病人對待，關押在特別看守室裡。

深夜，在特別看守室隔壁的值班室裡，一位值夜班的老員警悄悄打開房門。

「喂！」他衝我說道，「冷不冷？到這兒暖和暖和。」

我假裝無精打采地走進值班室，坐在椅子上圍著火盆取暖。

「你還在想那位死去的女人吧？」

「是的。」我故意用小得幾乎聽不清楚的聲音回答道。

「這也是人之常情嘛。」

他漸漸拉開架式。

「你第一次跟女人發生關係，是在哪兒？」

這位員警像法官一樣裝模作樣地詢問我，他當我是個小孩，擺出一副審訊主任的派頭，在無聊的秋夜，企圖想從我的口中套出猥瑣的桃色新聞。我很快覺察到了這一點，盡力地忍住了笑。對於這種員警的「非正式審訊」，我知道自己就算拒絕回答也無所謂，但為了給漫長的秋夜增添一點樂趣，我始終表現出一臉誠意，就像深信這位員警是真正的審訊主任，刑法的輕重判決全取決於他的一念之間。我回應了一些適當的「陳述」，以滿足他那顆好奇的淫心。

「嗯，這樣我就大致明白了。如果你誠實回答的話，我會酌情從寬處理。」

「謝謝，還請您多多關照。」

真是出神入化的演技！這種演技是對自己毫無益處可言的賣力表演。

天亮後，我被員警署長叫了出去，這一次是正式審訊。

我推開門，腳還沒在署長室內站穩，署長便發話：

「噢，長這麼帥呀。不是你的錯，是生下你這位帥哥的你媽媽的錯。」

這是一位皮膚黝黑，像剛走出大學不久的年輕署長。突然聽他這麼一說，我彷彿覺得自己半邊臉上長滿紅斑，是一個醜陋悲慘的殘疾人。

這位像是柔道或劍道選手的署長，他的審訊相當明快利索，與那位上了年紀的員警在深夜執拗的祕密好色審訊有著天壤之別。審訊結束後，署長一邊整理送往檢察局的文件，一邊說道：

「你可得好好愛惜自己的身體啊。你是不是還在吐血痰？」

那天早晨我異常地咳嗽，每次咳嗽我都用手帕捂著嘴，手帕上就像落了一層紅色的霰雪。但那並不是從喉嚨咳出的血，而是昨晚我摳耳朵下面的小膿包時流出來的血。我忽然覺得，不言明真相或許對我更有利，於是，我低著頭一本正經地回答道：

「是的。」

署長寫完文件後說：

「至於是否起訴你，得由檢察官來裁決。你最好發電報或打電話通知你的擔保人，讓他們今天到橫濱檢察局來一趟。你應該有擔保人和監護人吧？」

我猛然想起一位叫澀田的書畫古董商，他經常出入父親的別墅，跟我是同鄉，經常迎和並討好我父親，長得又矮又胖，都不惑之年了還是個光棍，他就是我在學校上學的保證人。他長著一張很特別的臉，尤其是眼睛，酷似比目魚，所以父親總是叫他比目魚，我也跟著這麼叫。

我借來員警的電話簿，查到了比目魚家的電話號碼，撥通了他的電話，懇求他到橫濱檢察局來一趟。比目魚就像換了個人，說起話來擺著架子，但還是答應了我的懇求。

「喂，那個電話消一下毒比較好，因為他在吐血痰。」

我回到看守室後，聽見署長對其他員警這樣大聲地吩咐著。

午飯後，我的身子被細麻繩緊綁著，允許用披風遮擋，麻繩的另一端被攥在年輕員警的手中，兩個人一起坐電車前往橫濱。

不過，我並沒有絲毫的不安，反倒是懷念起警察局看守室和那位上了年紀的員警，嗚呼，我怎麼會變成這個樣子呢？被當作犯人五花大綁，反而覺得如釋重負，心情平靜了許多。即使此刻寫下對當時的追憶，我還是覺得輕鬆舒暢。

然而，在懷念當時的回憶中，唯有的一次悲慘失敗，讓我直冒冷汗，終生難忘。當時我在檢察局一個陰暗的房間內接受檢察官簡單的審訊。那位檢察官四十歲上下，性情溫和（即使我長得英俊，也是那種帶有淫邪氣的英俊，而這位員警的面孔堪稱標準的英俊，充滿著聰慧文靜的氣息），因為他看起來不像是凡事都斤斤計較的人，所以在他面前我沒起一點戒心，只是心不在焉地陳述。突然的咳嗽，讓我從袖口中取出手帕，忽見上面的血跡，心中頓時浮現一個卑劣的念頭，以為咳嗽或許可以作為我討價還價的籌碼，於是便誇張地高聲假咳兩下，再用手帕捂著嘴，偷偷瞥了一眼檢察官。

「你是真的咳嗽嗎？」

他的微笑依然是那麼平靜，我直冒冷汗。不，即使現在回想起來，仍發怵得心慌。中學時代，那個蠢貨竹一曾用手指戳著我的後背說「故意的、故意的」，被他一腳踹進地獄，比起當時，此刻的驚慌可以說是有過之而無不及。那次與這次，是我的人生中演技最為失敗的紀錄。我有時甚至覺得，與其遭受檢察官平靜的侮辱，還不如宣判我十年徒刑好呢。

我被緩期起訴。但我一點也不開心。滿懷悲涼地坐在檢察局休息室的長椅上，等候擔保人比目魚的到來。

透過背後的高窗，看得見綴滿晚霞的天空，一群海鷗排成「女」字形，向遠方飛去。

第三手記

三

竹一的預言，一個成真，一個落空。「被女孩迷戀」這種並不光彩的預言成真了，「一定會成為偉大畫家」的祝福預言卻落空了。

我僅成了為一些低俗雜誌提供畫作的蹩腳無名的漫畫家。

由於鐮倉的殉情事件，我被學校勒令退學，住在比目魚家二樓一間三張榻榻米大的房間。從老家每個月寄來的額度極小的錢，也不是直接寄給我，而是悄悄地匯到比目魚的名下（好像是老家的哥哥們瞞著父親，暗地裡匯來的）。除此之外，我跟家人斷絕了聯繫。比目魚一天到晚總是板著一張冰冷的臉，無論我怎麼陪笑，仍看不到他的一絲笑容。人這種物種，怎麼能如此輕易、正所謂易如反掌地變臉呢？這讓我感到可恥與噁心，不，莫如說是滑稽。比目魚一改常態，不停地反覆警告我：

「不准出去，總之，禁止你出去。」

比目魚總是死盯著我，怕我自殺，也就是說，他認定我有追隨那個女人投海尋短見的嫌疑，嚴禁我外出。可是，我既不能喝酒，也不能抽菸，從早到晚，只是窩在二樓三張榻榻米大的房間，在被窩裡翻閱舊雜誌，過著白痴一樣的生活，連自殺的氣力都被磨損殆盡了。

比目魚的家位於大久保醫專附近，招牌上的字「書畫古董商．青龍園」雖然赫然醒目，也不過是一棟兩戶中的其中一戶，店門口狹窄逼仄，店內塵埃遍布，堆放著很多破爛（其實比目魚並不是靠買賣這些破爛賺錢的，而好像是將某位老闆的珍藏品轉讓給另一位老闆，從中賺取差價）。他幾乎都不在店裡，總是一大早板著臉匆匆出門，只留一位十七八歲的小夥子看守店鋪，這個小夥子當然也負責監視我，只要有空，他就跑到外面與鄰居的孩子們一起練習棒球的投接球，儼然把我這個二樓上的食客當作白痴和瘋子，有時還像大人一樣對我進行一番說教。由於我生性不會與人爭吵，所以常常表現出一副既像疲憊又像佩服的表情傾聽，並服從他的說教。這小夥子是澀田的私生子，或因一些蹊蹺苦衷，他沒跟澀田以父子相稱。澀田一直單身，似乎也與此事有關。我以前就在家聽到過一些澀田的傳聞，由於我向來對別人的事情不感興趣，所以對其中的詳情一概不知。可是，這位小夥子的眼神總讓我奇妙地聯想到魚眼珠，或者說不定他真的就是比目魚的私生子……如果真是這樣，他倆可真是一對孤寂的父子。夜深人靜時，他們父子倆常常瞞著二樓的我，一聲不吭地吃著外賣送來的蕎麥麵什麼的。

在比目魚家裡，一直是這個小夥子做飯。只有二樓食客的那份飯菜，放進托盤端上來；比目魚和小夥子則是在樓下四張半榻榻米大的陰濕房間裡匆忙用餐，不時地還能聽到碗碟叮零噹啷的碰撞聲。

三月末的一個黃昏，比目魚不知是又找到了生財之道，還是有了其他妙策（即使這兩點都猜對了，可能還有好幾個我無法猜對的原因吧），他罕見地把我叫到樓下擺著酒壺的餐桌旁。請客的主人對著不是比目魚的金槍魚生魚片，感歎得讚不絕口，還向我這位一臉茫然的食客勸了酒。

「你到底打算怎麼辦？今後？」

我沒有回答，夾起一小條乾沙丁魚，看著小魚的銀色眼珠，酒勁上頭，油然懷念起以前四處遊玩的時光，甚至包括堀木，我深深地渴望「自由」，突然間，脆弱得差一點哭出聲。

自從搬進這個家後，我連搞笑的欲望都沒了，每天在比目魚和小夥子的蔑視中橫臥在床，比目魚也不打算與我促膝長談，我也無心追著他傾訴什麼，完全變成了一個傻呆呆的食客。

「所謂的緩期起訴，是不會留下什麼前科紀錄的。所以，只要你下定決心痛改前非，一定會獲得新生。如果你有心悔改，主動找我商量，我會好好幫你想想辦法的。」

比目魚說話的方式，不，應該是世上所有人的說話方式，都如此的煩瑣與含糊，有一種微妙的想逃避責任的複雜性。對於他們近乎徒勞的防範心理，以及數不勝數的小小心計，我總是感到困惑，最終以怎麼都行的心態，要麼用搞笑敷衍，要麼默默首肯一切，也就是採取所謂敗北者的態度。

多年後我才知道，如果當時的比目魚能簡單扼要地告訴我，也許是另一種結果。比目魚多此一舉的提防，不，應該說是世人難以理喻的虛榮心和愛面子的心態，使我感到無比的鬱悶。

比目魚當時如果這麼告訴我就好了：

「不論是國立、公立還是私立學校，無論如何從四月開始，你必須得去一所學校上學。只要你上學了，家裡就會給你寄來充裕的生活費。」

很久以後我才明白，事實上，當時就是這麼回事。他若這麼對我說了，我會聽從他的話照辦執行吧。但是，由於比目魚多此一舉的提防，和拐彎抹角的說話方式，詭異地使我的人生方向脫軌了。

「如果你無心和我認真商量的話，那我也毫無辦法。」

「商量什麼？」我真的沒有一點頭緒。

「就是你心裡所想的事啊。」

「比如說？」

「還問我呢，你今後打算怎麼辦？」

「你是說我去找一份工作做？」

「不，我是問你自己心裡究竟是怎麼想的？」

「可是，就算我想去上學，也……」

「那也需要錢，但問題不在於錢，而在於你的想法。」

他為什麼不直截了當地說「老家寄錢過來」呢？只要有這麼一句話，我就會立刻拿定主意去上學。他的話總是讓我墜入五里霧中。

「怎麼樣？對未來抱有什麼樣的希望呢？照顧一個人有多難，這是被照顧者所無法理解的。」

「對不起，給您添麻煩了。」

「你確實讓我很擔心。既然我答應照顧你，就不希望你是一個半途而廢的人。我希望看到你邁上正道，有重新做人的覺悟。比如，你將來的去向，若能誠心誠意地主動跟我商量，我會給你想辦法的。我比目魚畢竟不是有錢人，資助你的能力也很有限，若你還想過以前的奢侈生活，那我可就幫不上什麼忙了。但是如果你能堅定自己的想法，規劃好將來的打算，並願意找我商量的話，就算我幫不了你多少，還是願意為你的重整旗鼓助一臂之力。你聽懂了嗎？今後你到底打算怎麼辦呢？」

「如果不能在這個二樓繼續住的話，我就出去工作……」

「你不是開玩笑的吧？如今的社會，就算是畢業於帝國大學，找工作也不是……」

「不，我不想成為上班族。」

「那做什麼？」

「當畫家。」我斗膽地說出了這句話。

「咦？」

當時，比目魚縮著脖子大笑，他那張臉上流露出的狡黠，我一生都不會忘記。那笑容看似輕蔑，似乎又不太像，若把人世間比作大海，一種詭異之影搖曳在萬丈深淵的海底。那種笑容，讓我隱約窺見了成年人生活中最深層的奧祕。

「你這樣想的話，我們就沒什麼好談的了。你的想法太不切合實際。你再好好想想吧，今晚請認真考慮一下。」被他這麼一說，我就像被追跑似的爬上二樓，躺在床上，翻來覆去地還是沒想出什麼好主意。天亮時，我逃出了比目魚的家。

「傍晚回來。我去一下寫在左邊的這位朋友的住處，商量未來去向，切勿擔心，真的。」

我用鉛筆在信箋上把上面這段留言的字寫得很大，然後又寫下堀木的姓名和他位於淺草的住址，便悄悄溜出了比目魚的家。

我並非因為反感比目魚的說教才逃了出來，正如比目魚所說的，我是一個沒有人生目標的男人，未來的打算也沒有任何著落，若繼續待在比目魚的家充當食客，是很對不起比目魚的。萬一我真的奮發圖強，明確目標，可每個月還得讓並不寬裕的比目魚來資助我重整旗鼓，一想到這個，我就痛苦難堪，內心極度不安。

不過，從比目魚的家裡逃出來，並不是真的想去找堀木商量什麼人生的「未來打算」，我只不過是想讓比目魚暫時安心，哪怕是讓他有一點點的安心（與其說我是為了想爭取時間逃離更遠，不如說是參照了偵探小說中的情節，才寫下了這段留言，不，這種想讓他安心的念頭也不是不存在的，準確地說，我害怕會以此給比目魚帶來突如其來的打擊，從而使他驚慌失措。雖然事情早晚都會敗露，但我不敢直接說出口，所以想方設法加以掩飾，這一點正是我可悲的毛病之一，這與世人斥責與鄙視的「謊言」頗為相似，可是，我幾乎從未為了牟取私利而去掩飾過，只是對氣氛驟變為掃興而感到窒息般的恐懼而已，所以，即使知道對自己不利，也會竭盡全力去「拚命服務」。雖說這種「拚命服務」被扭曲得微不足道，甚或愚不可及，但出於「拚命服務」的心情，許多場合下，我都會不自覺地掩飾上一兩句。而且這種習性也常常被世上所謂的「正人君子」大肆利用）。因此，那一刻，堀木的住址和姓名從記憶的深處浮現出來，隨手寫在了信箋上。

離開比目魚的家，徒步來到新宿，賣掉隨身攜帶的書，然後便茫然地不知該去往何處。我對每個人都很友善，但從未切身感受過「友情」。堀木這樣的狐朋狗友除外，其他的一切交往帶給我的只有痛苦，為了排遣那種痛苦，我拚命地扮演丑角，反而讓我精疲力竭。只要看到熟悉的面孔，哪怕是模樣相似的面孔，我都會大吃一驚，就會被那種令人暈眩的戰慄襲遍全身。即使知道被別人喜歡，我好像也缺乏愛別人的能力（話雖如此，世人究竟是否具有愛的能力，我深表懷疑）。像我這樣的人，不可能會有所謂的「摯友」，我甚至沒有「登門拜訪」的能力。對我來說，別人家的門比《神曲》的地獄之門還要陰森可怕，門裡面彷彿蠕動著可怕的巨龍怪獸，渾身散發著腥臭。這並非危言聳聽，而是我的切身感受。

我和誰都沒有往來，也無處可去。

堀木！

真的是弄假成真。我決定按照留言上所寫的地址，去拜訪住在淺草的堀木。在此之前，我一次也沒拜訪過堀木的家，通常都是我發電報叫堀木過來找我，而現在我連電報費都繳不起了，更何況落魄到這種地步，發個電報，堀木恐怕也不會來的。於是，我決定挑戰一下自己最不擅長的「拜訪」，歎了口氣坐上了電車，對我來說，難道這個世界上唯一的救星就是堀木嗎？一想到這兒，一股穿透脊骨的淒涼寒意襲遍全身。

堀木在家。他的家位於骯髒的小巷深處，是一棟兩層建築。堀木住在二樓僅有六張榻榻米大的房間。堀木年邁的父母和一位年輕的工匠，三人正在樓下敲敲打打地製作木屐帶。

那天，堀木讓我見識了他作為城市人嶄新的一面，就是俗話所說的老奸巨猾的一面。

他是令我這個鄉巴佬瞠目結舌的冷漠、狡猾的利己主義者，遠不是像我這樣的男人，漂泊不定，無家可歸。

「你太令我吃驚了。你老爸原諒你了嗎？還是沒有？」

我沒敢說是逃出來的。

我還是老一套，搪塞著敷衍。雖然肯定會馬上被堀木識破，但我依然敷衍。

「總會有辦法的。」

「喂，這可不是鬧著玩的呀。給你個忠告，傻瓜也會就此打住的。我今天還有別的事，最近忙得不可開交。」

「有事？什麼事？」

「小心點，你可別把坐墊的線給弄斷了。」

我一邊說話，一邊無意識地用指尖扯動坐墊一角的細線，不知是縫線還是綁線。堀木惜物心切，只要是家裡的東西，就算是坐墊上露出的一根線，堀木都倍加愛惜，因此他橫眉豎眼地責備我。略微一想，堀木以前與我的交往中，從沒吃過一點虧。

堀木的老母親端著托盤，送來了兩碗年糕紅豆湯。

「哎呀……」堀木表現出一副大孝子的模樣，對老母親畢恭畢敬，過於客氣的話語有些不自然，「謝謝媽媽，是年糕紅豆湯嗎？太奢侈了呀，您不要這麼費心啦，因為我們有事馬上就要出去呢。不過，您特意做了最拿手的年糕紅豆湯，不吃也太可惜了，那我們就吃吧。你也來一碗，這可是我老母親特意做的啊，啊，真好吃，太奢侈啦。」

堀木喜笑顏開，吃得津津有味，完全不像在演戲。我也吃了幾口，卻聞到了開水的味道，嘗了一口年糕，覺得味道不對勁，是我從未有過的味覺。我絕非瞧不起他家的貧寒（那時我並不覺得難吃，而且很感激老母親的心意。儘管我恐懼貧窮，但毫無輕蔑之心）。年糕紅豆湯和吃著年糕紅豆湯喜形於色的堀木，讓我窺見都市人樸素的本性，以及家人與外人有明顯區別的東京人家庭的真實一面。唯有我這個蠢貨不分內外，接二連三地逃避人類的生活，甚至還被堀木這種人嫌棄。我感到極其狼狽，手握漆面斑駁的筷子，只想提筆記錄下難以忍受的淒涼感受。

「不好意思，抱歉，我今天要去辦點事。」堀木起身，一邊穿上衣一邊說道，「我要出門了，真不好意思啊。」

這時，正好有一位女客人來找堀木，我的命運也隨之轉變。

堀木突然變得活力四射，說：

「啊，真的抱歉。我正想著去找您呢。不料卻來了一位不速之客。不過，沒關係的，請，請進吧。」

堀木有點方寸大亂。我抽出自己坐的坐墊，翻個面遞過去，他一把奪過，又翻了個面，然後請女客人就座。房間裡除了堀木的坐墊外，就只剩下這個坐墊供客人使用了。

女人又瘦又高。她將坐墊擺在一旁，在門口附近坐了下來。

我心不在焉地聽著他們倆交談。女人像是某家雜誌的記者，不久前好像約堀木畫過什麼插圖，是專程來取約稿的。

「雜誌急著用。」

「已經畫好了，早就畫好了。這就是，你看一下吧。」

這時，送來了一份電報。

堀木看過後，喜笑顏開的面孔變得僵硬。「嗨，你小子在搞什麼呢？」

原來是比目魚發來的電報。

「總之，請你趕快回去。我要是能送你回去就好了，可現在我沒時間。你啊，離家出走，還一副滿不在乎的樣子。」

「您住在哪兒？」

「大久保。」我脫口而出。

「那正好在我們雜誌社附近。」

女人出生在甲州，二十八歲，與五歲的女兒一起住在高円寺的公寓裡。聽她說丈夫已經去世三年了。

「你看起來像是吃苦長大的人。難怪這麼善解人意，真夠可憐的。」

從此我開始了被豢養的小白臉的生活。靜子（這是那名女記者的名字）去新宿的雜誌社上班時，我就和她叫茂子的五歲女兒一起看家。在此之前，靜子外出時，茂子總是在公寓管理員的房間玩耍，現在來了一位「善解人意」的叔叔陪她玩，她看起來很開心。

我稀裡糊塗地在她那兒待了一星期左右。公寓窗外，附近的電線上掛著一只風箏，被春天夾雜著塵埃的風吹得破爛不堪，但還是死纏著電線不放，彷彿在不停地頻頻點頭。每每看見這一幕，我都忍不住苦笑、臉紅，甚至還會做噩夢。

「我需要錢。」

「……需要多少？」

「很多……俗話說『財竭緣盡』，此話一點不假啊。」

「別說蠢話了。這不過是老掉牙的……」

「是嗎？看來妳不懂，再這麼下去，沒準兒我會逃走的。」

「到底是誰窮，又是誰要逃走呢？你真奇怪啊。」

「我要自己賺錢，用自己賺來的錢買酒、買菸。就說畫畫吧，我覺得自己比堀木畫得好多了。」

此時，我的腦海裡浮現出的是中學時代畫的幾張自畫像，也就是竹一口中的「妖怪」。是被遺失的傑作。它們在幾次的搬遷中遺失了，但我覺得恰恰是那幾幅才稱得上出色的畫作。那之後，我嘗試過各種不同的畫法，卻都遠不及記憶中這幾幅的完成度，為此，我一直被一種倦怠的失落感所困擾，心空虛得如同巨大的空洞。

一杯喝剩下的苦艾酒。

我悄悄形容著那永遠無法彌補的失落感。一提到畫，那杯喝剩下的苦艾酒就會在我眼前隱約閃現，一種焦躁的苦悶湧上心頭。啊，真想讓她看看那幾幅畫，讓她相信我繪畫的才能。

「呵呵，怎麼啦？看你一本正經地開玩笑，太可愛了。」

這不是玩笑，是真的呀。啊，真想讓她看看那些畫，我如此徒勞地煩悶著。突然間，我心思一轉，放棄原來的念頭。

「漫畫，至少畫漫畫，我覺得比堀木強。」

我這一句敷衍的玩笑話，沒想到讓她信以為真。

「是啊，其實我滿佩服你的。你平時給茂子畫的那些漫畫，我看了都忍不住笑。你試著畫幾幅怎麼樣？我可以跟我們雜誌社的主編說一聲。」

這家雜誌社發行的主要是針對兒童，沒什麼知名度的月刊雜誌。

「……看到你，大部分女人都會想為你做點什麼。……你總是一副戰戰兢兢的樣子，卻又是一個滑稽幽默家。……雖然有時獨自一人，鬱鬱寡歡，但正是這一點，才更讓女人為之心動。」

靜子說了很多恭維我的話，可一想到她說的都是小白臉的卑劣特徵，我就愈發消沉，提不起精神。我暗中盤算著金錢比女人重要，想逃離靜子，獨自生活。可左思右想，反倒愈來愈依賴靜子，包括我離家出走後的各種善後工作，幾乎全部都由這位不讓鬚眉的甲州女強人來一手操持，結果在靜子面前，我不得不變得愈來愈「戰戰兢兢」。

在靜子的安排下，比目魚、堀木、靜子三人協商後達成協議，我就此與老家徹底斷絕關係，與靜子開始過著「光明正大」的同居生活。在靜子的多方奔走下，我的漫畫也意外地賣了一些錢，我用這些錢買菸買酒，但我的不安和鬱悶卻有增無減。我日漸消沉，在為靜子的雜誌畫每個月的連載漫畫〈金太郎與小太郎的冒險〉時，突然想起老家的親人，倍感孤單，畫筆無法動彈，低頭落淚。

適逢此時，能帶給我些許安慰的，就只有茂子。她當時已毫不避諱地叫我「爸爸」了。

「爸爸，聽說對著神祈禱，神什麼都會答應，這是真的嗎？」

我才想這樣祈禱呢。

神啊，請賜我冷靜的意志！請讓我知曉人類的本質！人們相互排擠也不算罪過嗎?!請賜給我憤怒的面具！

「嗯，沒錯。茂子的許願，神什麼都會答應的。但爸爸可就不行了。」

我甚至連神都懼怕。我不相信神的恩寵，只相信神的懲罰。所謂的信仰，不過是為了接受神的鞭笞，而俯首走向審判臺。我相信地獄，但不相信天國的存在。

「為什麼爸爸不行呢？」

「因為爸爸不聽父母的話。」

「是嗎？可是大家都說爸爸是個大好人呢。」

那是因為我欺騙了他們。我也知道，公寓裡的人都對我抱有好感，可我是多麼畏懼他們啊，愈是畏懼就愈博得他們的好感，而愈是博得他們的好感，就愈是畏懼，最終不得不遠離大家。我這不幸的毛病，要向茂子說清楚實在是太困難了。

「茂子，妳究竟想向神祈禱什麼呢？」

我不經意地問出了這句話。

「我啊，我想要一個真的爸爸呢。」

我為之一驚，眼前一片眩暈。敵人。我是茂子的敵人？或茂子是我的敵人？總之，這裡也有一個威脅我的可怕的大人，一個外人，不可思議的外人，充滿神祕的外人。茂子的表情一下子讓我讀懂了這一切。

原以為只有茂子例外，沒想到她也隱藏著「突然甩動尾巴拍死肚皮上的牛虻」這一招。從那以後，我對茂子也不得不戰戰兢兢。

「色鬼！在家嗎？」

堀木又開始上門來找我了。在我離家出走的那一天，明明是他讓我更加孤單，我卻無法拒絕這個男人，只能笑臉相迎。

「聽人說，你小子的漫畫頗受歡迎，業餘畫家就是有一股『初生牛犢不怕虎』的膽量啊。不過，你可不要太自以為是啊，因為你的素描一點也不成樣子。」

他在我面前擺出一副師匠姿態，要是把我的那些「妖怪畫」拿給他看，他會做出何種表情呢？我重複著以往的徒勞焦慮，說：

「別這樣說嘛，我難過得都快要尖叫了。」

堀木愈發得意地說道：「若只說謀生之道的本領，總有一天你的缺陷會暴露出來。」

謀生之道的本領。……對此我只有苦笑以對。自己居然有謀生之道的本領！像我這種畏懼人類，唯恐避之不及，常常掩飾敷衍的人，難道與俗話所說的「人不犯我，我不犯人」這種狡猾的處世訓條如出一轍？啊，人類根本不瞭解彼此，明明完全誤讀了對方，還以為對方是自己唯一的摯友，一輩子覺察不到，等對方死了，不是還痛哭流涕念悼詞嗎？

堀木畢竟是我離開比目魚家之後，那些善後工作的見證人（他肯定是在靜子的央求下勉強接受的），所以擺出一副引導我重新做人的大恩人或月下老人的架式，一本正經地向我說教，有時還深更半夜醉醺醺地跑來過夜，偶爾還開口向我借五元錢（每次一律都是五元）。

「不過，你玩女人的毛病也該就此打住了吧。再這樣下去的話，世人是不會原諒的。」

所謂的世人，究竟指的是什麼？是人的複數嗎？哪裡存在著世人的實體呢？不過，我一直把它視為堅強、嚴厲和可怕的東西，如今聽堀木這麼一說，我差點脫口說出：

「所謂的世人，不就是你嗎？」

由於不想惹怒堀木，這句話到了嘴邊又咽了回去。

（世人是不會原諒的。）

（不是世人，是你不會原諒吧？）

（要是這麼做，世人會讓你吃盡苦頭的。）

（不是世人，是你吧？）

（你很快就會被世人遺忘的。）

（不是世人遺忘我，是被你遺忘才對吧？）

你要清楚自己有多麼可怕、古怪、惡毒、狡詐、陰險吧！種種此類言語縈回心中，但我只是用手帕擦著臉上的汗，笑著說：

「冷汗，冷汗。」

然而，從那時起，我好像萌生了「世人不就是個人嗎？」這種略帶思想性的觀念。

自從開始認為「世人就是個人」之後，跟以往比，我多少能夠按照自己的意志行事了。借靜子的話來說，我變得有些任性，不再那麼戰戰兢兢了。再套用靜子的話，就是我變得非常吝嗇。連茂子也說，我不像以往那麼疼愛她了。

我天天不苟言笑地照看著茂子，一邊還要應付各家雜誌社的約稿（除了靜子的雜誌外，其他幾家雜誌也開始斷斷續續地向我約稿，但都是比靜子的雜誌還要低俗的三流雜誌），畫〈金太郎與小太郎的冒險〉，和明顯模仿〈悠閒爸爸〉的〈悠閒和尚〉，以及〈急性子小平君〉這些標題飽含自暴自棄之意、連我自己都感到莫名其妙的連載漫畫。我抑鬱重重，慢慢騰騰（我運筆的速度很慢）畫著這些漫畫，以此賺取喝酒錢。每當靜子從雜誌社下班回家，我便可以換班外出，前往高円寺車站附近的攤鋪和小酒館，喝便宜的燒酒。等心情喝得稍微變好，才返回公寓。我對靜子說：

「愈看愈覺得妳長著一張古怪的臉。悠閒和尚的造型，其實就是從妳的睡容中獲得的靈感。」

「你的睡容看起來也很蒼老啊，就像四十多歲的男人。」

「還不都是妳害的，都快被妳榨乾了。人生恰似水流動，何須憂心河邊柳。」

「別鬧了，快睡覺吧。還是，你想吃點什麼？」

靜子心平氣和，根本不理睬我那一套。

「如果有酒的話，我倒想喝一點。人生恰似水流動，人生恰似……不對，是流水恰似人生過。」

我一邊哼唱著，一邊讓靜子幫我脫衣，額頭貼在她的胸前睡去。這便是我的日常生活。

明天也做相同的事
只要堅守昨日的慣例
迴避極度的狂喜
巨大的傷悲就不會悄然而至
躲開阻擋去路的石頭
癩蛤蟆繞路爬行

當我讀到上田敏翻譯的夏爾．克羅的這首詩時，羞紅的臉如同燃燒的火。

癩蛤蟆。

（這就是我。世人原諒我，還是不原諒我；世人遺忘我，還是不遺忘我都無所謂。我是連狗貓都不如的動物，是癩蛤蟆，只會慢慢爬行。）

我的酒癮愈來愈強，酒量愈來愈大。不光是在高円寺車站附近，也去新宿、銀座一帶喝，有時還會外宿不歸，我已經不再遵循慣例，在酒吧佯裝成無賴漢，見到女人就親。總之，我又變得像殉情以前，不，變成了比那時更放縱、更鄙俗的酒鬼，沒錢花，就把靜子的衣服拿去當掉。

自從來到靜子的公寓，望著那破爛不堪的風箏苦笑後，一年多的時光一晃而過。在櫻花樹長出嫩葉的時節，我再次偷偷帶著靜子的和服腰帶和貼身襯衫去當鋪，用換來的錢跑去銀座喝酒。連續兩晚夜不歸宿，到了第三天晚上，實在覺得過意不去，才下意識躡手躡腳地又來到靜子的公寓門前，屋子裡傳來她們倆的對話：

「為什麼要喝酒？」

「爸爸可不是因為喜歡酒才喝的，是因為他人太好了，所以……」

「好人都要喝酒嗎？」

「也不能這麼說……」

「爸爸肯定會嚇一跳的。」

「說不定會討厭呢。妳看，妳看，又從箱子跳出來了。」

「就像急性子的小平君一樣。」

「是啊。」

能聽到靜子那低聲發自內心的幸福歡笑。

我把門輕輕推開一條小縫，往裡一瞧，是一隻小白兔，在房間裡活蹦亂跳，母女倆正追著牠玩。

（真幸福啊，她們倆。像我這樣的混蛋夾在她們中間，遲早有一天會毀了她們。平淡的幸福。一對好母女。啊，倘若神能聽到我這種人的祈求，就算只有一次，一生中哪怕只有一次也行，神啊，我祈求您賜予她們幸福。）

我真想原地蹲下，合掌祈禱。我輕輕地掩上房門，又返回銀座，從此再也沒踏進過公寓的門。

沒過多久，我又在京橋附近的一家小酒館二樓，過起了小白臉的日子。

世人。我開始似懂非懂隱約領會了它的涵義。它是個人與個人之間的衝突，而且是現場衝突，只要當場取勝即可。人絕對不會服從於人，即便是奴隸，也會以奴隸卑屈的方式進行反擊。因此，人除了當場一決勝負外，不會有別的生存之道。人雖然口頭上標榜堂而皇之的大義名分，但努力的目標必定屬於個人，超越個人之後還是個人，世人的費解即個人的費解，大海不是世人，而是個人。我從世人之海幻影的恐懼中獲得了一些解放，不再像以往那樣，無盡無休地事事謹小慎微了。也就是說，為了眼前的需要，我學會了厚顏無恥。

離開高円寺的公寓後，我對京橋一家小酒館的老闆娘說：

「我跟她分手了。」

單是這麼一句話，就足夠了，我已獲勝。從那天晚上起，我大模大樣地住進小酒館的二樓，可是，理應十分可怕的世人，卻未對我進行任何加害行為，而我也沒向世人做任何辯解。只要老闆娘願意，一切都不成問題，順理成章。

我既像店裡的顧客，又像店裡的老闆；既像跑腿的店員，又像老闆娘的親戚。在旁人眼中，我也許是一個來歷不明的存在，但世人一點都不覺得我奇怪，店裡的常客們也「小葉、小葉」地叫我，對我非常友好，還請我喝酒。

慢慢地，我不再小心翼翼地提防世人了，開始覺得世人並非那麼可怕。換句話說，我迄今為止的恐懼感，很大成分帶有「科學迷信」的杞人憂天，就好像擔心春風裡有數十萬的百日咳細菌；澡堂裡有數十萬致人失明的真菌；理髮店裡有數十萬禿頭病菌；省線電車裡的吊環上爬動著無數疥癬蟲；生魚片和烤得半生的豬牛肉裡，潛伏著條蟲和吸蟲的幼蟲什麼的；還擔心光腳走路時，扎破腳掌的碎玻璃會鑽進體內，因循環全身戳破眼珠而導致失明，等等。的確，站在「科學」的觀點，數十萬細菌在蠕動也許是能成立的。但同時我也知道，只要徹底忽略它們的存在，它們就會變成與我毫無關聯、轉瞬即逝的「科學幽靈」。我還聽說，如果在便當盒裡剩下三粒米飯，一千萬人每天都剩下三粒米的話，就等於浪費了好幾袋大米；如果一千萬人每天都節約一張餐巾紙，那該節省出多少紙漿啊。諸如此類的科學統計，真的是駭人聽聞，每次我只要吃剩下一粒米，或是擤一次鼻涕，就會產生彷彿浪費了堆積如山的大米和紙漿，這種錯覺使我無比煩惱，自己像犯下什麼大罪一樣，心情鬱悶沉重。可是，這些正是「科學的謊言」、「統計的謊言」、「數學的謊言」。三粒米飯根本無法想像能彙集在一起，就算作為加減乘除的應用問題，這也是過於原始和低級的題目。就像在黑燈瞎火的廁所裡，一隻腳踩空掉進便池的概率，以及省線電車的乘客中有多少人不小心掉入電車車門與月臺的縫隙中，要計算出這樣的概率，實在是愚蠢之舉。儘管這樣的事情可能會發生，但因踩空掉進廁所腳受傷的例子從未聽說過。我被這種假設的「科學事實」洗腦，直至昨天我還把它視為現實加以接受，並擔驚受怕。我覺得以往的自己是那麼的天真可愛，甚至有點想笑，我也因此開始一點一點地瞭解世人的真面目了。

雖然這麼說，人對於我仍是可怕的存在，跟店裡的顧客見面，必須得先喝下一杯酒才行，因為我要見可怕的人。我每晚都會出現在店裡，就像小時候把害怕的小動物用力緊攥在手中一樣，藉著酒勁，向客人吹噓拙劣的藝術論。

漫畫家呀。啊，我只是一個沒有大喜大悲無名的漫畫家。以後，縱然有巨大的悲傷降臨於我也無妨，就算內心焦慮地渴望粗野的歡樂也無妨，此刻我的快樂只是與客人漫無邊際地閒聊，喝客人請我喝的酒。

來到京橋之後，這種無聊的生活持續了將近一年。我的漫畫不光刊登在兒童雜誌上，也刊登在車站內的售貨店裡擺放的雜誌上。我以「上司幾太」（與情死未遂的發音相同）這個惡搞的筆名，畫了一些下流的裸體畫，還在當中插入一些《魯拜集》裡的詩句。

停止徒勞的祈禱
扔掉讓人落淚的一切吧
來，乾杯！只追憶美好
別去想那些多餘的煩惱

用不安和恐怖威脅人的傢伙

懼怕自己的罪孽
爲防範死者的復仇
不停在腦中算計

昨夜，心因酒足充滿歡喜
清晨，相陪的只有悲涼
是何等的奇怪，一夜間
心情迥然相異

請停止作祟的念頭！
像響自遠方的鼓聲
那傢伙莫名恐慌
如果放屁都被定罪，怎能挽救？
正義可是人類的指針？

那麼，在血染的戰場
那暗殺者的刀尖上
又存在何種正義？

哪裡存在著眞理？
又存在著什麼樣的睿智之光？
美麗與恐懼並存於塵世
難以承受的重負被迫落在懦弱者的孩子肩上

我們都是被無奈播下的情欲之種
無法擺脫善與惡、罪與罰的宿命
我們只是無奈地彷徨與驚慌
因爲神沒賜給我們粉碎它們的力量和意志

你在哪裡徘徊遊蕩？

在批判、探討、重新認識著什麼？
哦，是空虛的夢，是不復存在的幻想
嘿，忘了喝酒，一切都是虛妄

仰望無邊無際的天空吧
我們不過是飄浮的一個小點
誰能知道這地球的自轉？
自轉、公轉、反轉是它的自由

隨處感受到至高無上的力量
所有的國家，所有的民族
都不乏相同的人性
難道只有我是異類？

世人都誤讀了聖訓

否則也不會有常識和智慧
嚴禁肉體之樂，也禁止酒沾口唇
算了，穆斯塔法，最讓我忌恨

可那時，卻有一位勸我戒酒的少女。

「你這樣可不行啊，每天睜開眼就喝得醉醺醺的。」

她是小酒館對面那家香菸店老闆的女兒，年方十七八歲，名字叫良子，皮膚白皙，長著虎牙。每次我去買菸時，她都會笑著忠告我。

「為什麼不行呢？哪裡不好？有酒就得喝。『人之子啊，消除、消除、消除你心中的憎惡吧』，古代的波斯語裡還有『給悲傷疲憊的心靈帶來希望的，就只有帶來微醺的玉杯』。妳懂嗎？」

「不懂。」

「傻丫頭，小心我親妳一口啊。」

「那你來親呀。」

她一點也不害羞地噘起了嘴唇。

「傻丫頭，一點貞操觀念都沒有……」

不過，良子的表情中，明顯散發出沒被任何人玷汙過的處女氣息。

翌年初一個嚴寒的夜晚，我醉醺醺地去買菸，不小心掉進了香菸店前的下水道洞口裡，我連聲呼叫：「良子，良子，拉我一把，拉我一把。」良子把我一把拽了上來，還幫我包紮了右手臂上的傷口，當時她表情認真地說：

「你喝太多了吧。」

我並不在乎死，但若是因受傷流血變成殘廢，我寧死不願。我一邊讓良子給我包紮手臂上的傷口，心裡一邊想，自己真的該戒酒了。

「我戒酒。從明天起，我滴酒不沾。」

「真的？」

「我一定戒，如果我戒了，良子，妳願意嫁給我嗎？」

其實，讓她嫁給我是一句玩笑話而已。

「當囉。」

「當囉」是「當然囉」的略稱。當時流行著各種略稱，如「摩男」「摩女」*等。

「太好了！我們拉勾吧。我一定要戒酒。」

可翌日午後，我又喝起了酒。

傍晚時分，我搖搖晃晃地走出來，暈乎乎地站在良子的店門前。

「良子，對不起啊，我又喝酒了。」

* 新潮摩登男女之意。

「哎呀，真討厭，故意裝成喝醉的樣子。」

我為之一驚，一下子從醉意中清醒過來。

「不，是真的。我真的喝了，才不是故意裝醉呢。」

「你別逗我玩了。你好壞呀。」

她一點都不懷疑我。

「妳看我一下不就明白了嗎？我今天又是從中午開喝的。請原諒啊。」

「你可真會演戲呢。」

「不是演戲啦，傻丫頭，當心我親妳喲。」

「來親呀。」

「不，我沒資格。只能死了娶妳的心。妳看看我的臉，是不是很紅？真的喝酒了。」

「那是因為夕陽照射的關係吧。騙人家也沒用呀。昨天都一言為定了。你不可能又喝了。我們拉過勾的。什麼喝酒呀，騙人、騙人、騙人！」

良子坐在昏暗的店內微笑著，那白皙的臉蛋，啊，還有她對汙穢一概不知的「童貞」，是多麼的尊貴。時至今日，我還沒跟比我小的處女上過床。那就跟她結婚吧，無論今後會因此遭遇多大悲傷也無妨，一輩子得有那麼一次放縱的狂歡才是。雖然我曾認為處女的美，不過是書呆子詩人天真爛漫的感傷幻想，沒想到在這個世界上還真的存在。結婚以後，等春天來到時，兩個人就可以騎自行車一起去看青葉瀑布。那時，我會當場下定決心，也就是所謂的「一決勝負」的心理，毫不猶豫地盜走這朵花。

不久我們便結婚了。從中得到的喜悅並非如想像的那麼大，但之後降臨的悲哀，卻大得超乎想像，是淒慘這兩個字都無法形容的。對我而言，世間的確是一個深不可測的可怕之地，也絕非是靠「一決勝負」就可以輕易決定從何開始，從何結束的。

二

堀木與我。

相互輕視，卻又彼此來往，而且彼此在交往中變得愈來愈無趣，如果這就是世上所謂的「交友」狀態的話，那我和堀木的關係肯定就是「交友」的狀態。

憑著京橋小酒館老闆娘的俠義之心（女人的俠義之心，這種說法本身就很奇怪，就我的個人經驗而言，至少在都市的男女中，女人比男人更具有俠義之心。男人大多提心吊膽，重面子與形式，其實小氣），香菸店的良子成為跟我同居的未辦結婚登記的妻子，我們在築地隅田川附近的一家木造二樓公寓，租下一樓的一個房間居住。我戒了酒，全力以赴地投入已漸漸成為我固定職業的漫畫創作中。晚飯後我們倆一起去看電影，回家途中還順路去咖啡館小坐，或是買個花盆，不，比起這些，更讓我歡心的是聽這位完全信任我的小新娘說話，以及看她一舉手一投足的一顰一笑，慢慢覺得自己愈來愈像一個正常人，不至於以悲慘的結局了結自己的一生。可就在我萌發這種想法的時候，堀木又出現在我眼前。

「喲，色鬼！哎喲，你變化還不小呢。我今天可是來幫高円寺那位女士傳話的啊。」

剛一開口，他突然壓低嗓門，用下巴指了指正在廚房沏茶的良子，對我說：「沒關係吧？」

「沒關係，儘管說。」我平靜地回答道。

事實上，良子可稱得上是信賴人的天才，別說是我和京橋小酒館老闆娘之間的事，就算是告訴了她在鎌倉發生的那件事，她也不會懷疑我與常子的關係。這並不是因為我善於說謊，有時候我甚至把事情說得再明白不過，但良子好像只當笑話來聽。

「你沒咋變啊，還是這麼得意。其實也沒什麼事啦，她只是託我告訴你，有空也到高円寺來玩。」

剛要忘掉時，一隻怪鳥振翅飛來，用鳥喙啄破我記憶的傷口。我過去的羞恥和罪惡的記憶，忽然之間又清晰地浮現眼前，哇——想放聲尖叫的恐懼襲來，讓我坐立不安。

「要不要去喝一杯？」

「好啊。」堀木回答道。

我和堀木。外表上頗為相似，有時甚至覺得兩個人長得一模一樣。當然，這只是四處遊蕩喝廉價酒時候的事了。總而言之，兩個人碰到一起時，怎麼看都像是變成了外形和毛髮相同的兩條狗，在下雪的小巷裡竄來逛去。

從那天起，我們重溫過去的交情，一起去了京橋的那家小酒館，然後，兩條喝得醉醺醺的狗還一起去了高円寺靜子的公寓，並在那裡過了夜。

那是無法忘懷的悶熱夏夜。黃昏時分，堀木穿著皺巴巴的浴衣，來到我築地的公寓，說是今天急用錢，當掉了夏天的衣服，如果家中老母發覺了這件事，那可就麻煩大了，所以想馬上用錢把衣服贖回來，讓我借錢給他。不巧的是我當時也囊空如洗，只好按照老辦法，吩咐良子去當掉她的衣服。因為借給堀木後還剩下點餘錢，就讓良子買來燒酒，我和堀木爬到公寓的樓頂，迎著時而吹來的隅田川帶著臭水溝味的微風，湊合了幾碟簡單的納涼晚宴。

當時，我們開始玩起了猜喜劇名詞和悲劇名詞的遊戲。這是我發明的遊戲，名詞中有男性名詞、女性名詞和中性名詞之分，同樣也理應有喜劇名詞和悲劇名詞之分，例如，輪船和火車就屬於悲劇名詞，而市內電車和公共汽車就屬於喜劇名詞。不懂個中緣由，是不配談論藝術的，喜劇中只要夾雜一個悲劇名詞，就會喪失資格。悲劇也同樣。

「準備好了沒？香菸是？」我先問。

「悲（悲劇的略稱）。」堀木立即回答。

「藥呢？」

「是藥粉還是藥丸？」

「注射。」

「悲。」

「是嗎？也有荷爾蒙注射呢。」

「不，絕對悲。針頭不就是一個大悲劇嗎？」

「好，算我輸吧。不過我告訴你，藥物和醫生出乎意外的還都屬於喜（喜劇的略稱）呢，那麼，死呢？」

「喜。牧師和和尚也都是。」

「答對！那麼活著就是悲了吧？」

「不，活著也是喜。」

「不，這麼說，一切都成了喜。我再問你一個問題，漫畫家呢？這個總不能說是喜了吧？」

「悲，悲。一個大悲劇名詞。」

「什麼呀，我看你才是一個大悲劇呢。」

變成了這樣如此低級的遊戲，雖然無聊，但我們自己對這種在世界的沙龍裡，未曾有人玩過的智慧遊戲感到得意。

當時我還發明了另一種類似的遊戲，那就是反義詞的猜字遊戲。比如黑的反詞（反義詞的略稱）是白，白的反義詞卻是紅，紅的反義詞是黑。

「花的反詞是？」

我這麼一問，堀木噘著嘴想了一下。

「嗯，有一家叫花月的餐館，那就是月。」

「不對，它不能稱為反詞。不如說是同義詞。星星和紫羅蘭不就是同義詞嗎？它不是反詞。」

「我明白了，那就是蜜蜂。」

「蜜蜂？」

「牡丹上……螞蟻？」

「什麼呀，那是繪畫的主題。你別想打馬虎眼。」

「明白了，不是說花朵裡雲卷雲舒……」

「是月亮裡雲卷雲舒吧。」

「懂了，懂了，風對應花，是風，花的反詞是風。」

「又錯！那不是浪花節*裡的句子嗎？你的水準露餡了。」

「不對，是琵琶。」

「仍然不對。花的反詞嘛……應該舉世界上最不像花的東西才對。」

「所以，那是……，等一下，難道是女人？」

「順便問一句，女人的同義詞是什麼？」

「內臟。」

「看來你對詩歌一點也沒有研究。那麼，內臟的反詞呢？」

「牛奶。」

「這次回答得還算精彩，依次類推，再來一個。恥辱的反詞是？」

「不要臉。是流行漫畫家上司幾太。」

「那堀木正雄呢？」

＊ 一種三弦伴奏的傳統說唱藝術。

說到這兒，漸漸地我們倆再也笑不出來，心情變得鬱悶不堪，腦袋裡好像充滿了玻璃碎片，那是燒酒醉意中特有的感覺。

「你別臭美，我還沒有像你，遭受過被捆綁關押的恥辱呢。」

我大吃一驚。原來堀木在心中並未真正把我當人看，他只是把我當作了自殺未遂、不知恥辱的白痴，也就是所謂的「行屍走肉」，他只是為了取樂自己，最大限度地能利用我就利用，我們僅是這種程度的「交友」而已。想到這一點，心情當然好不起來，但轉念一想，堀木這樣對我也有他的理由，因為我自幼就是沒資格做人的孩童。被堀木瞧不起，理所當然。

「罪，罪的反義詞是什麼呢？這道題可很難回答哦。」

我裝作若無其事的樣子問道。

「法律。」

堀木回答得很平靜，我又重新看了一下他的臉。在附近樓房霓虹燈的紅光照射下，堀木的臉看上去就像魔鬼刑警般的威嚴。我頗為驚訝地問：

「罪，不會是你說的那種東西吧。」

竟然說罪的反義詞是法律！不過，世人說不定都抱著這麼簡單的想法平靜地生活，以為沒有刑警的地方，罪惡才會蠢蠢欲動。

「那麼，你說是什麼？是神？因為你身上有一種基督教徒的氣息，讓人反感。」

「不要輕易下結論啦。我們倆再想想吧。你不覺得這是很有趣的話題嗎？我覺得單憑這個話題的答案，就能徹底瞭解那個人的全部。」

「不見得吧。……罪的反詞是善。善良的市民，就像我這樣的人。」

「別開玩笑好了。善是惡的反詞，卻不是罪的反詞。」

「罪與惡難道有什麼不同嗎？」

「我覺得不同。善惡的概念是人類創造出來的，是人類擅自創造出來的道德詞語。」

「你好煩人啊。既然如此，那就是神吧，是神。是神。把一切都歸功於神是沒錯。

呀，我肚子好餓啊。」

「良子正在樓下煮著蠶豆呢。」

「太好了！特別喜歡吃蠶豆。」

他交叉的雙手枕在腦後，仰躺在地上。

「你好像對罪沒什麼興趣。」

「當然啦，因為我不像你是個罪人。就算我吃喝嫖賭，也不會害死女人，更不會勒索女人的錢財。」

我沒害死女人，也沒勒索女人的錢財——儘管我心中的一隅微弱地發出這樣的抗議聲，但冷靜地重新一想，又犯了以往的老毛病，認為確實是我的錯。

我怎麼都無法與人面對面爭論。我極力地克制著，燒酒陰鬱的醉意使我變得更加險惡，我自言自語般地說道：

「不過，唯獨被關進牢房這件事不算是罪。我覺得只要弄懂了罪的反詞，就能把握罪的本質。……神……救贖……愛……光明……可是，神有撒旦這個反詞，而救贖的反詞應該是苦惱吧，愛的反詞是恨，光明的反詞是黑暗，善的反詞是惡。罪與祈禱，罪與懺悔，罪與告白，罪與……嗚呼，全都是同義詞。罪的反義詞是什麼呢？」

「罪的反義詞是蜜*，像蜂蜜一樣甜蜜。啊，肚子好餓啊，你去拿點吃的過來吧。」

「你自己不會去拿嗎？」

我平生第一次用暴怒的聲音說道。

「好好好，那我就到樓下去，和良子一起犯罪吧。與其貧嘴，莫如幹實事。罪的反詞是蜜豆，不，難道是蠶豆？」

堀木已經醉得舌根發硬，語無倫次。

「隨你便，滾得愈遠愈好！」

「罪與餓，餓與蠶豆，不，這是頭一次吧。」堀木一邊胡言亂語，一邊站起身來。

罪與罰。杜思妥耶也夫斯基。這幾個字倏地一下掠過我大腦的一隅，使我猛然一驚。說不準杜思妥耶也夫斯基不會把罪惡當作同義詞，而是把這兩個字刻意排列在一起呢。罪與罰，絕無相通之處，而是水火不容的兩個字。把罪與罰視為反詞的杜思妥耶也夫斯基，他筆下的綠藻、惡臭的水池、亂麻交錯的內心……啊，我明白了，不，還沒有……正當這些思考如走馬燈一樣，不斷在我的腦際閃現著旋轉時，堀木喊道：

「喂！這哪是什麼蠶豆啊，你快過來！」

——

＊ 日語中「蜜」是「罪」的相反發音。

堀木的聲音和表情驟變。他剛剛搖搖晃晃地起身下樓，咋這麼快又上來了。

「怎麼了？」

周圍的氣氛異常緊張，我們倆從樓頂下到二樓，再從二樓下到我一樓房間的樓梯上，堀木停下腳步，用手指著小聲說道：

「你看！」

我家房間上方的小窗敞開著，房間內可一覽無餘。燈亮著，有兩隻動物。

我感到頭暈目眩，急促呼吸的同時，在心中不停地嘀咕：「看看，這就是人的姿態！這就是人的姿態！沒必要去大驚小怪。」我甚至忘了去救良子，呆立在樓梯上。

堀木大聲乾咳了幾下。我逃竄似的又跑回樓頂，躺在地上，仰望噙滿雨水的夏日夜空，那時襲擾我的情感不是憤怒，也不是厭惡，更非悲傷，而是極度的恐懼。它不是對墳墓幽靈的恐懼，也許是在神社的杉樹林中，撞見縹緲的白衣神靈時，所產生的那種古老、殘酷、難以言喻的恐怖感。從那天夜晚，我長出了白髮，漸漸對一切失去信心，漸漸對人充滿無限的懷疑，永久遠離對人世生活的一切期待、喜悅與共鳴。事實上，這是我人生中最具有決定性的一次事件。我的眉間被迎面砍傷，從此，無論我接觸什麼樣的人，都會感到那傷口的隱痛。

「真的很同情你，不過，這一下子你也該多少體會到一點了吧。我不會再到你這裡來了，這裡簡直就是地獄。……你可得原諒良子啊，因為你小子也不是一個什麼好東西，我告辭了。」

堀木才沒那麼傻，會在這樣尷尬的場面久留。

我站起來，獨自喝著燒酒，開始嚎啕大哭。嗓子都要哭啞了，淚水還是止不住。

不知何時，良子端著滿滿一盤蠶豆，神情茫然地站在我的背後。

「我反正什麼都沒做……」

「行啦行啦，什麼都別說了。妳是不懂得懷疑人的人。坐坐坐，一起吃蠶豆吧。」

我們並肩坐下，吃著蠶豆。嗚呼，信賴也是罪過嗎？那個男人三十上下，是一個不學無術的矮個頭商人，常常來找我畫漫畫，每次都會裝模作樣地留下一些錢，然後才離去。

後來那個商人就再也沒有來過。不知為何，比起對那個商人的憎惡，倒是堀木，他最初發現時，沒有在第一時間大聲咳嗽阻止，就那麼跑回樓頂來告訴我，這種憎恨和憤怒會常常在我輾轉難眠時湧上心頭，讓我唏噓不已。

不是原諒和不原諒的問題。良子是一個信賴人的天才。她是不會懷疑人的人。正因如此才悲慘。

我問神靈，信賴也是罪過嗎？

對我來說，比起良子的肉體遭到玷汙這件事，良子的信賴被玷汙，才是造成我日後無法活下去的苦惱根源。對我這種可恨又畏縮、總看別人臉色行事、信賴別人的能力出現裂痕的人而言，良子那純潔無瑕的信賴之心，就如青葉瀑布一樣清澈乾淨。可是，一夜之間它卻變成了黃濁的汙水。你看，良子從那天晚上開始，連我的一顰一笑都十分在意。

「喂。」

我每次叫她，她都會嚇得一哆嗦，目光不知該投往何處。無論我再怎麼逗她笑，甚至做出搞笑那一套，她始終戰戰兢兢，手足無措，還亂用敬語跟我說話。

純潔無瑕的信賴之心，難道是罪惡之源嗎？

我查閱了許多妻子被人姦汙這方面故事內容的書，但沒有一個女人像良子一樣遭受如此悲慘的侵犯。她的侵犯根本不能成為故事。在那個矮個子商人和良子之間，倘若有那麼一點近似於戀愛的情感，我的心情說不定反而會好受一點。然而，就是在夏日的某個夜晚，良子相信了那個商人，僅此這一點，我也因此被人迎面砍傷了眉間，哭啞了嗓子，長出了白髮，使得良子不得不一輩子在我面前畏畏縮縮。大部分的故事，似乎都把重點放在了丈夫是否原諒妻子的「行為」上，但對我來說，並不覺得是什麼痛苦的大問題。原諒，不原諒，保留這種權利的丈夫才是幸運，倘若認為妻子無法原諒，也沒必要大吵大鬧，趕快離婚再娶一位就行了。如果做不到，那只好「原諒」妻子，咽下這口氣。總之，只要丈夫橫下心，就能平息方方面面的事態。話又說回來，這種事對丈夫而言確實是不容置疑的打擊，但即便是「打擊」，也與沒完沒了湧來湧去的浪濤有所不同，擁有權利的丈夫可以通過憤怒，處理這種糾紛。可我的情況呢，身為丈夫卻沒有任何權利，一想到這裡，就愈覺得好像是自己的錯，別說憤怒了，我甚至連一句牢騷都不敢發。妻子是因為她與眾不同的優秀品質遭到了侵犯。而且，那種優秀品質也是丈夫早有的憧憬——憐愛有加、純潔無瑕的信賴之心。

純潔無瑕的信賴之心，也是一種罪過嗎？

我對這唯一寄託的優秀品質都產生了疑惑，一切變得愈來愈莫名其妙的難懂，自己能前往面對的只有酒。我的面部表情變得極度卑賤，早晨睜開眼就喝燒酒，牙齒脫落了好幾顆，所畫的漫畫幾乎是清一色下流的春宮圖。不，坦白說，從那時起，我開始暗中兜售自己臨摹的春宮圖了，因為我需要燒酒錢。看著總是畏畏縮縮不敢正視我的良子，我心裡想，她是一個完全沒有戒心的人，或許不止一次跟那個商人發生過關係吧，還有，跟堀木呢？不，說不定跟某個我不知道的人也有過吧。這樣愈想疑惑愈深，但我沒有當面盤問她的勇氣，只能被以往的不安和恐懼所折磨，只有在喝醉之後，才敢縮手縮腳地試著以卑屈的誘導方式詢問幾句。心中雖喜憂參半，表面上卻裝出拚命搞笑的樣子，然後，對良子施以地獄般令人作嘔的愛撫，如同一堆爛泥一樣睡去。

那一年年末，我喝得酩酊大醉，半夜三更回到家，想喝一杯糖水，見良子已經熟睡，我自己便到廚房找糖罐，找出來打開蓋子一看，一點砂糖都沒有，只有一個黑長的紙盒，我隨手取出來，看了看貼在盒子上的標籤，頓時一陣愕然。那標籤已被指甲摳掉了一多半，但英文的一部分還留著，清楚寫著：DIĀL。

DIĀL。那時我全靠燒酒助眠，沒服用過安眠藥。但因為失眠是我的老毛病，所以對大部分安眠藥比較熟悉。一盒DIĀL的量，足以致人於死地。盒子雖還沒拆開，但良子肯定動過輕生的念頭，不然不會摳掉紙盒上標籤藏在糖罐裡吧。真的可憐，她因為看不懂標籤上的英文，才用指甲摳掉了一大半，以為這樣就不會有人發覺（她這樣也沒錯）。

我盡量不弄出聲音，悄悄地倒滿一杯水，然後慢慢撕開紙盒，把全部藥粒放入口中，冷靜地喝完杯子裡的水，就那麼關燈睡覺了。

據說整整三天三夜，我睡得像死了一樣。醫生認為是過失所致，猶豫著一直沒有報警。還說我醒來說的第一句話是「我要回家」，我所說的「家」，究竟是指的哪裡呢？我自己也不得而知。總之，據說我說完這句話後，大哭了一場。

眼前的霧漸漸散去，我定睛一看，比目魚板著臉，一副極其不悅的神情，坐在我的枕頭邊。

「上次也是發生在年末，這個時候大家都忙得團團轉，可偏偏在年末幹出這樣的事，存心是想讓我也搭上一條命。」

比目魚跟京橋那家小酒館的老闆娘發著這樣的牢騷。

「老闆娘。」我喊道。

「嗯，什麼事？你醒過神來了？」老闆娘的笑臉好像摞在我的臉上，回答道。

我愴然淚下。

「讓我與良子分手吧。」

連自己都覺得意外，竟然說出這樣的話。

老闆娘站起身，輕輕地歎了口氣。

接下來我又失言了，而且更加意外，不知該說是滑稽還是愚蠢。

「我要去沒有女人的地方。」

「哈哈哈。」先是比目魚張口大笑，老闆娘也隨之哈哈笑出聲，自己也流著淚，羞紅著臉，苦笑起來。

「嗯，這樣比較好。」比目魚一臉壞笑地說，「你最好去沒有女人的地方。只要有女人在，你就沒救。去沒有女人的地方，是個不錯的主意。」

沒有女人的地方。我愚昧的胡言亂語，日後竟然化作了悲慘的現實。

良子彷彿覺得我替她喝下了那些毒藥，因此在我面前顯得更加畏縮與拘謹，無論我說什麼，她都不苟言笑，也不怎麼接我的話茬。整日待在屋內實在讓我覺得煩悶，於是，又像以往一樣，常常到外面喝廉價酒。但自從發生那次安眠藥事件後，我的身體明顯消瘦了許多，手腳無力，連畫漫畫都提不起精神。比目魚當時來探望我留下了一筆慰問金（「這是我的一點心意」，聽比目魚的口氣，這些錢好像是他掏腰包拿出來的，其實不然，這是老家哥哥們寄來的錢。這個時候，我已不是當初逃離比目魚家時的我了，能隱隱約約地看穿他裝模作樣的表演，所以我也狡猾地裝出什麼也不知道，向他道謝。不過，比目魚為什麼非要拐彎抹角地使出這些花招呢？我對此似懂非懂，覺得很是奇怪）。我用這筆錢，一個人去了趟南伊豆溫泉，但我不是那種悠然享受溫泉之旅的人，旅途中一想到良子，便感到寂寞難耐，根本不能以平靜的心情，透過旅館的窗戶，眺望透迤的遠山。在房間裡，我既沒有換上旅館的棉和服，也沒去池子泡溫泉，而是跑到旅館外，跑進一家髒兮兮的茶館，猛喝燒酒，讓身體變得更加虛弱，然後返回了東京。

那是東京大雪紛飛的一個夜晚。我醉醺醺地彳亍在銀座的小巷，小聲反覆哼唱著：

「這裡離故鄉幾百里，這裡離故鄉幾百里。」邊走邊用鞋尖踢散路上的積雪，突然，我嘔吐不止。這是我第一次吐血。雪地變成了一面偌大的太陽旗。我在地上蹲了許久，然後用雙手捧起沒有弄髒的雪，邊洗臉邊哭。

這條路是哪裡的小路？
這條路是哪裡的小路？

一個小女孩憂傷的歌聲宛如幻覺，隱隱約約地從遠處傳來。不幸，這個世界上有許許多多的不幸之人，不，即便說所有人都是不幸之人，也不為過。可是，他們的不幸可以名正言順地向世人發出抗議，而且「世人」也很容易接受和同情他們的抗議。但我的不幸全部源於自身的罪惡，無法向任何人抗議，如若我吞吞吐吐說出一句類似於抗議的話，不僅只是比目魚，肯定所有的世人都會對我的話驚訝得無言以對。我真的是俗話裡所說的為所欲為的任性，還是完全相反的過於唯唯諾諾了呢？這一點我自己也搞不明白。總之，我是罪惡的綜合體，只會變得愈來愈不幸，沒有加以防範的具體對策。

我站起身，想著先去買些什麼藥，便走進了附近的一家藥店，在店裡與老闆娘打照面的瞬間，老闆娘像是被閃光燈照到了面孔，抬頭睜大了雙眼，一動不動地呆立在原地。但她睜大的雙眼裡，感覺不到驚愕和厭惡之色，而是流露出既像求救，又像愛慕的神情。啊，這個人也肯定是不幸之人，不幸之人總是敏感於別人的不幸。正當我這樣想時，我發現那位老闆娘手拄著枴杖，顫悠悠地站著。我克制住想衝過去的衝動，繼續與她面面相望時，涙水禁不住奪眶而出。而此時，涙水也從她的眼睛裡簌簌落下。

就這樣，我一句話也沒說，走出了那家藥店，搖搖晃晃地回到公寓，讓良子給我沖了一杯鹽水，喝完後默然睡去。第二天，我謊稱自己感冒，躺了整整一天。晚上，我對自己咯血的祕密深感不安，便起身又去了那家藥店，這次我面帶笑容，坦白說出了自己的身體狀況，向她諮詢。

「你必須得馬上戒酒。」

我們就像一家人一樣親近。

酒

「也許是酒精中毒吧，我現在還想喝呢。」

「絕對不行。我丈夫患有肺結核，卻說酒能殺菌什麼的，每天飲酒不斷，結果縮短了自己的壽命。」

「我非常不安，擔心害怕得不知道如何是好。」

「我開藥給你。酒必須得戒掉。」

老闆娘（她是一名寡婦，膝下有一個兒子，考上了千葉還是什麼地方的醫科大學，不久就患上了跟他父親同樣的病，現在正休學住院接受治療，家裡還躺著一位中風的公公，而她自己在五歲時因患小兒麻痺症，一條腿已行動不便）拄著枴杖，啪嗒啪嗒翻箱倒櫃地找出各種藥品。

這是造血劑。

這是維生素注射液，這個是注射器。

這是鈣片，這是澱粉酶，可以治療腸胃病。

這是什麼，那個怎麼服用，她充滿愛心地給我介紹了五六種藥，但這位不幸的老闆娘，她的愛對於我來說太過沉重。最後她囑咐我「這個藥是你實在控制不住想喝酒的時候服用的」之後，迅速將藥包在一個小紙盒裡。

這是嗎啡注射液。

老闆娘說這種藥比酒的危害小，我也就聽信了她的話，況且當時我正好也覺得酗酒很不道德，能擺脫酒精這個撒旦的長期糾纏也算一種喜悅，於是毫不猶豫地在自己的手臂上注射了嗎啡，把不安、焦慮、害臊全部清除乾淨，我一下子變成一個開朗的雄辯家。而且，每當注射完嗎啡，我便忘記身體的虛弱，專注於自己的漫畫工作，常常是畫著畫，就浮現出妙趣橫生的聯想。

本來是一天注射一針，漸漸變成兩針，最後增加到一天四針時，一旦缺了它，我便無法正常工作。

「這樣可不行啊。一旦上癮可就慘了。」

聽老闆娘這麼一說，我才發現，自己已經嚴重上癮（實際上我對別人的暗示很敏感，很容易受到影響。比如別人跟我說「這筆錢不能花啊，不過嘛這是你自己的事」，我就會產生一種奇怪的錯覺，覺得不花掉那筆錢，反而辜負了對方的期待，所以一定會馬上花掉）。由於上癮的不安，我對藥品的需求愈來愈多。

「拜託了！再給我拿一盒吧，月底我一定會把藥費帶過來。」

「錢沒關係啦，什麼時候都行，只是員警追查起來很煩。」

啊，我的周圍總是籠罩著一股渾濁、灰暗、形跡可疑的氣息。

「妳盡量想法幫我應付一下，拜託了，老闆娘。我親妳一下吧。」

老闆娘的臉一下子羞得通紅。

我又趁機說道：「沒有藥，工作根本無法進行。對我來說，它就像壯陽藥。」

「那你還不如注射荷爾蒙呢。」

「妳可別開玩笑了。要麼靠酒，要麼靠藥，二者缺一，我都無法正常工作。」

「酒可真的不行。」

「是吧？自從用了這種藥後，我可是滴酒未沾呢。多虧了它，身體狀態非常好。我也不打算一直畫那些不入流的漫畫，今後，把酒戒掉，養好身體，努力用功，當一名偉大的畫家。眼下正是關鍵時期，所以拜託妳了。我親妳一下吧。」

老闆娘笑了起來。

「真拿你沒辦法，你上癮了，我可管不了呀。」

她噠噠噠地拄著枴杖，從藥架上取下藥。說：

「不能給你一整盒，你馬上就會用完，只給你一半。」

「真小氣啊，好吧，也沒辦法。」

回家後，我立刻打了一針。

「不疼嗎？」良子擔驚受怕地問道。

「當然疼啦。可是，為了提高工作效率，就算不願意也只能這麼做啊。我最近特別精神，是不？好了，要工作、工作、工作了。」我興奮地說道。

我還曾在深更半夜敲過藥店的門。老闆娘穿著睡衣，噠噠噠地拄著枴杖走出來，我突然抱住她親，還一邊裝哭。

老闆娘一言不語，遞給我一盒藥。

藥也跟燒酒一樣，不，甚至比燒酒更可惡、更骯髒，當我認識到這一點時，已徹底染上了毒癮，真的是無恥之極。為了想得到那種藥，我又開始臨摹春宮圖，並與藥店的殘疾老闆娘發生了醜陋的那種關係。

我想死，強烈地想死，一切都無法挽回，無論做什麼事，怎麼做都只是徒勞一場，徒增恥辱而已。騎自行車去青葉瀑布的願望已蕩然無存，有的只是在汙穢的罪惡上重疊可恥的罪惡，增添苦惱。我想死，強烈地想死，活著本身就是罪惡的根源。雖然這麼想，但還是依然近乎瘋狂地往返於公寓與藥店之間。

不論做再多工作，因為藥品的使用量也隨之增加，所積欠的藥費已高得驚人，老闆娘見到我就兩眼含淚，而我也禁不住潸然落淚。

地獄。

為了逃出地獄，我使出了最後一招，如果這一招也以失敗告終，那就只能自縊懸梁了。我把神的存在作為賭注，鼓起勇氣給家裡的老父親寫了一封長信，向他坦白了我目前的真實情況（關於女人的事，我最終還是沒敢寫進信裡）。

可是，結果更糟糕，左等右盼一直杳無音信，等待的焦慮與不安，反而讓我又加大了藥量。

今晚，乾脆一次連續注射十針，然後跳進隅田川一死了之。就在我這樣暗暗下決心的下午，比目魚就像有惡魔的直覺一樣嗅出了我的念頭，帶著堀木出現在我的面前。

「聽說你咯血了呢。」

堀木在我面前盤腿坐下，說道。他的臉上浮現出我從未見過的親切微笑，那微笑讓我感激，又讓我歡喜，我不禁背過臉，淚流滿面。而且，僅僅是因為他親切的微笑，我便被徹底打敗，被徹底埋葬了。

我被送上汽車。「你必須得先住院治療，其他的事情由我們來辦就行了。」比目魚用平靜的語氣勸著我（那是足以用大慈悲來形容的平靜語氣），我彷彿是一個缺乏意志力和判斷力的人，抽抽搭搭地哭泣，唯唯諾諾地聽從他們倆的吩咐。包括良子在內，我們四個人在汽車上顛簸了很長時間，直到天快黑時，才抵達了森林中的一家醫院的門口。

我以為是一家結核病的療養院。

我接受了一名年輕醫生親切而又細緻的檢查。然後，這位醫師靦腆地笑著對我說：

「好了，你就在這裡靜養一段吧。」

比目魚、堀木、良子把我一個人留下，都回去了，良子臨走前還交給我一個裝有換洗衣服的包袱，然後悄悄地從腰帶間取出注射器和用剩下的藥品。她好像真的認為那就是壯陽藥呢。

「不，我已經不需要了。」

這其實是很少見的一件事。把它說成是我人生中，唯一的一次拒絕別人勸誘，都不為過。我的不幸就是缺乏拒絕能力者的不幸。拒絕對方的勸誘時，最讓我恐懼的，是在對方和自己的心中留下一條永遠無法修復的裂痕。可是，我當時卻很自然地拒絕了曾經瘋狂尋求和依賴的嗎啡。也許是被良子那「如神靈般無知」所打動了吧。在那一瞬間，難道不是已擺脫了上癮嗎？

可是，之後很快地，我被那位靦腆微笑的年輕醫師領進了某一棟病房，咔嚓一聲，門被鎖上。這裡是一所精神病醫院。

「我要去沒有女人的地方。」我在服用安眠藥時的胡言亂語，竟然奇妙地變成了現實。這棟病房裡，清一色是男性的精神病患者，連看護者也是男性，沒有一個女人。

我現在已不再是罪人，而是瘋子。不，我絕對沒瘋，一刻也沒瘋過。據說，大部分的瘋子都會這麼說自己。換言之，被關進這所醫院的人是瘋子，沒被關進來的則是正常人。

我質問神靈：不抵抗也是一種罪過嗎？

面對堀木那不可思議的美麗微笑，我淚流滿面，忘了判斷和抵抗，就坐上車，被帶到這裡，變成了一名瘋子。即使我現在馬上從這裡出走，也會被人們在額頭上烙下瘋子的印記，不，或許烙下的是廢人吧。

喪失做人的資格。

我已徹底變得不再是個人了。

來到這裡時正值初夏，從鐵窗向外望，能看見醫院院內小小的池塘裡，綻放著紅色的睡蓮。三個月過去了，醫院院內的波斯菊開始含芳吐豔。這時，萬萬沒想到老家的大哥帶著比目魚前來接我出院，大哥仍如從前，用認真略帶嚴肅的語調告訴我：「父親在上個月末因胃潰瘍去世了，我們對你既往不咎，也不會讓你為生活操心，你什麼不做就可以，但有一個前提條件，你必須得馬上離開眷戀不捨的東京，回家好好療養身體。你在東京惹下的禍，澀田先生都處理得差不多了，你不必掛心就是了。」

突然覺得故鄉的山河浮現在眼前，我輕輕地點了點頭。

真正的廢人。

得知父親病故後，我變得愈發萎靡不振。父親已經不在了，他那可親而又可怕的存在一刻也沒有離開過我。父親不在了，我覺得自己苦惱的罈子頓時變得空空蕩蕩。我甚至還在心裡想，自己苦惱的罈子之所以如此沉重，也都是因為父親的緣故嗎？我像洩了氣的氣球，甚至喪失了苦惱的能力。

大哥完全履行了他對我的承諾。從我生長的小鎮坐四五個小時的火車南下，那裡有一處東北地區少有的溫暖海濱溫泉，村頭有五間大小的老房子，牆壁斑駁，房屋的竹子上滿是蟲蛀，幾乎到了無法修繕的程度。大哥為我買下這一棟茅草屋，還為我雇了一位年近六旬、極其醜陋的紅髮女傭。

之後又過去了三年，在此期間，我多次遭到那位名叫徹子的老女傭奇怪的侵犯。有時我們會像夫妻一樣吵架，我的肺病時好時壞，身體忽瘦忽胖，還伴隨有咳血痰。昨天，我讓徹子去村裡的藥店幫我買一盒卡爾莫欽，她買回來的盒子形狀與往常的不同，我也沒去特別留意，臨睡前一次服用了十粒，卻還是無法入睡。正當我感到納悶時，覺得肚子十分難受，就急忙衝進了廁所，結果狂瀉不止地拉起了肚子，之後又連續三次跑進廁所。心中疑竇重重，拿起藥盒定睛一看，原來是一種叫海諾莫欽的瀉藥。

我仰臥在床，肚子上放了個熱水袋，想衝著徹子大發一頓牢騷。

「妳買的藥不是卡爾莫欽，是海諾莫欽啊。」

我剛一開口，便忍不住笑了起來。「廢人」，這的確像一個喜劇名詞。想睡覺時，卻誤服了瀉藥，而且瀉藥的名字就叫海諾莫欽。

對於現在的我，既沒有幸福，也沒有不幸。

只是，一切都將消逝。

我阿鼻叫喚*地活到今天，在這個人類世界裡，只有、只有這句話是唯一的真理。

只是，一切都將消逝。

我今年二十七歲。由於白髮明顯增多，看到我的人，一般都認為我已經四十多歲了。

—

＊出自梵語，陷入「阿鼻地獄」後的呼喊聲。

後記

我並不直接認識寫下這篇手記的瘋子，但我認識跟手記中的登場人物雷同的、京橋小酒館的老闆娘。她身材嬌小，氣色欠佳，長著細長的丹鳳眼，挺著高鼻梁，與其說是一個美人，不如說更像帶給人一種硬派感覺的俊美青年。這篇手記好像主要描寫昭和五年至七年間的東京風情。那家京橋的小酒館，我被朋友帶去過兩三次，在那裡喝過Highball*，當時是昭和十年前後，也就是日本的「軍部」不加掩飾即將日益猖獗的時候。所以，我不可能有機會認識寫下這篇手記的那個男人。

然而，今年二月，我去拜訪了疏散到千葉縣船橋市的一位朋友。她是我大學時代的校友，現在是某女子大學的講師。事實上，我曾委託過這位友人給我的一位親戚說媒，來找她也有這層意思，同時也想順便買一些新鮮的海產品給家人嘗嘗，於是，我背上背包，就出發去船橋市了。

船橋市是一個毗鄰泥海的大城市。我的這位朋友是剛遷來不久的新住戶，再怎麼向當地人說明她的門牌號，都打聽不出個一二三來。天氣寒冷，背著背包的肩膀也痠痛了很久，之後我在小提琴聲的吸引下，推開一家咖啡館的店門。

店裡的老闆娘總覺得有點面熟，詢問之後才知道，原來她就是十年前京橋那位小酒館的老闆娘。她似乎也馬上想起了我，我們彼此都頗為吃驚，然後相視而笑。我們沒有按當時的寒暄習慣，詢問彼此遭遇空襲燒燬的經歷，而是相互誇耀般地說道：

「妳是真的一點沒變啊。」

＊ 由威士忌和蘇打水兌製的雞尾酒。

「沒有啦，老了，都變成老太太了。一身老骨頭都快要散架了呢。你看上去才真年輕呢。」

「哪裡哪裡，我都有三個小孩了。今天就是為了孩子們才來這裡買些東西呢。」

等等，我們像久別重逢的朋友，彼此寒暄著一些客套話，接著互相打聽共同認識的朋友的近況。不一會兒，老闆娘語氣一轉，問我：「你認識小葉嗎？」我說「不認識」。老闆娘走進櫃檯內，拿來三本筆記本和三張照片，交給我說道：

「說不定能當作小說題材呢。」

我向來無法把別人強塞給我的素材寫成小說，所以我本想當場還給她，但卻被那幾張照片所吸引（關於那三張照片的怪異之處，我在序曲裡已提及），於是，我決定姑且先代為保管幾天，等回去時再順道拐來還給她。我問老闆娘，住在某某街某某號名叫某某女士的女子大學講師，妳知道嗎？老闆娘說知道，因為她們都是剛遷來的新住戶，老闆娘接著還說，我的這位講師朋友有時會來店裡喝咖啡，就住在附近。

那天晚上，我和這位講師朋友喝了點酒，打算住在她家。那一晚，我整整一夜沒有合眼，一直在埋頭閱讀這三篇手記。

手記裡寫的都是以往的故事，但現代人看了肯定也會很感興趣。我想，與其拙劣地去添筆潤色修改，不如原封不動寄到雜誌社發表更具有意義。

給孩子們買的海產品盡是乾貨。我背著背包，告別朋友，又來到了這家咖啡館。

「昨天謝謝妳了。不過……」我馬上直奔主題，說道，「這些筆記本，能借我一段時間嗎？」

「可以啊，請。」

「這個人還健在嗎?」

「啊,這我可就不知道了。大約十年前,一個裝著筆記本和照片的郵包,寄到了京橋的店裡,寄件人是小葉沒錯的,但郵包上卻沒有寫他的地址和名字。大空襲時,郵包和其他東西混在一起,不可思議地逃過一劫,前一陣子,我才把它讀完……」

「妳讀哭了嗎?」

「沒有,與其說哭,哎……怎麼說呢,廢了,人要是變成那個樣子就廢了。」

「從那以後,十年都過去了,他也許已不在人世了吧。毫無疑問這是作為對妳的感謝,才特意寄給妳的吧。雖然個別處略顯言過其實的誇張,妳似乎也受到了不少牽連和傷害吧。如果手記裡寫的都是事實,如果我也是他朋友的話,說不定也會帶他去精神病醫院。」

「都是他父親的過錯。」她漫不經心地說道，「我們認識的小葉，性格直率，為人聰慧，他要是不喝酒的話，不，即使喝酒……也是一個像神一樣純粹的好人。」

附錄：太宰治年譜

一九〇九年（明治四十二年）誕生

六月十九日，出生於青森縣北津輕郡金木村（現在的五所川原市）大字金木字朝日山四一四番地。本名津島修治。津島家是當地屈指可數的大地主和資產家。父親津島源右衛門（一八七一—一九二三）係津島家的養子，出生於青森縣西津輕郡木造村，原名松木永三郎，是政治家，也是企業家，曾擔任青森縣議員、日本眾議院議員、貴族院議員、金木銀行董事長、陸奧鐵道社長、青森縣農工銀行董事等職務，被當地人俗稱為「金木老爺」。有兄弟姊妹十一人，排行第十，上有五位哥哥（其中兩位夭折）和四位姊姊，下有一位小他三歲的弟弟。因為母親津島夕子常年體弱多病，自幼先後由兩位保母和姨媽帶大。當時的津島家是四世同堂，再加上傭人，是一個三十多人的大家庭。

一九一〇年（明治四十三年）一歲

五月，鄰村的近村岳作為保母住在津島家，被其照顧了五年（從二歲到六歲）。

一九一二年（明治四十五年）三歲

一月，二十四歲的大姊去世。

五月，父親當選為眾議院議員。此時，迎來了津島家的黃金時代。

一九一六年（大正五年）七歲

進入金木第一普通小學。成績優秀。

一九一八年（大正七年）九歲

八十歲的曾祖母去世。金木村施行鎮制。

一九二二年（大正十一年）十三歲

三月，小學畢業。六年間的成績一直名列前茅。

四月，按照父親的意願，進入鄰村的組合立明治高等小學。因過於惡作劇，雖然成績突出，但「教養品行」科目還是被評價為「乙」。

五月，大哥文治結婚。

十二月，父親在多額納稅議員補充選舉中，被選為貴族院議員。

一九二三年（大正十二年）十四歲

三月，在東京神田小川町佐野醫院接受住院治療的父親病逝，享年五十二歲。

四月，進入青森縣立青森中學（現在的青森高中）。借宿青森市內的豐田太左衛門親戚家，從第二學期直到畢業，一直擔任班長。在學校常常發揮自己的搞笑特長，在同學中頗受歡迎。

暑假，偶然在三哥圭治從東京帶回的同人雜誌《世紀》中，讀到井伏鱒二的短篇小說《幽閉》，興奮得坐不住身。

八月，二哥英治結婚。

一九二五年（大正十四年）十六歲

三月，在《校友會志》上發表《最後的太閣》。熱衷於閱讀芥川龍之介、菊池寬、泉鏡花等作家的作品，當作家的夢想愈加強烈。在同年級同學創刊的同人雜誌上發表小說、戲劇劇本和隨筆。
八月，與中村貞次郎ㄊ阿部合成等同學一起創刊同人雜誌《星座》，在只出版了一期的《星座》上發表劇本《虛勢》。
十月，大哥文治被選為町長（鎮長），以筆名辻魔首氏在《校友會志》是發表《角力》。
十一月，召集熱愛文學的同學，創刊擔任主編的同人雜誌《海市蜃樓》，發表《溫泉》、《犧牲》、《地圖》等作品。
《海市蜃樓》共出版了十二期。

一九二六年（大正十五年）十七歲

在《海市蜃樓》發表《侏儒樂》、《癌》、《將軍》、《佝僂》、《怪談》、《摩洛哥小景》等。醉心於芥川龍之介。
為暗戀上家中的女傭而苦惱。
四月，三姊津島藍結婚。
九月，與回到老家的三哥創刊同人雜誌《青椒》，發表《口紅》。這時更多使用的筆名為辻島眾二。

一九二七年（昭和二年）十八歲

為準備高考，停辦《海市蜃樓》。
三月，五年制的中學提前一年畢業，總成績在全年級名列前四。
四月進入國立弘前高中文科甲類（英語），因體弱多病被允許不住學校宿舍，借宿親戚藤田豐三郎家。
五月二十一日，去聽芥川龍之介在青森市的演講，演講題目為《夏目漱石》。
七月二十四日，驚聞芥川龍之介服用安眠藥自殺，受到極大衝擊。
秋天，開始在青森市內的紅燈區尋花問柳，與十五歲的藝妓小山初代相識。大哥辭去町長，當選為縣會議員。

這一年，若干年後成為武裝共產黨中央委員長的田中清玄，畢業於弘前高中的文科乙類專業。在校內，成為田中清玄組織的社會科學研究會成員。

一九二八年（**昭和三年**）**十九歲**

學習成績急劇下降。

五月，受同年級同學上田重彥創作的刺激，個人創刊同人雜誌《細胞文藝》，以筆名辻島眾二，發表長篇小說《無間奈落》等。九月休刊前出版的四期雜誌中，發表過井伏鱒二、船橋聖一等活躍在文壇第一線的知名作家的約稿作品。

六月，四姊結婚。

十月，參加同人雜誌《獵騎兵》。

十二月，加入馬克思主義者上田重彥的新聞雜誌部委員陣營，該新聞雜誌部是校內左翼的主要據點。

一九二九年（**昭和四年**）**二十歲**

一月，在青森中學上學的弟弟禮治因敗血症急逝，享年十八歲。

二月，弘前高中鈴木校長因擅自動用學校公款被發覺，新聞雜誌部成員動員全校師生罷課，獲得成功，校長被趕下臺。在《弘前新聞》和縣內的其他同人雜誌上，發表具有無產階級文學色彩的作品《一代地主》，以筆名小菅銀吉、大藤熊太等發表《鈴蟲》、《哀蚊》、《虎徹宵話》等作品。頻繁與藝妓小山初代見面。

十一月，為自己大地主的家庭出身而苦惱，服用安眠藥自殺未遂。

十二月十日，第二學期考試的前一晚，在借宿處大量服用安眠藥，陷入昏睡。十一日中午前，附近的醫生趕來搶救。下午恢復意識。之後被母親帶往大鱷溫泉靜養。

一九三〇年（昭和五年）二十一歲

一月，校內的左翼分子被弘前員警署逮捕。上田重彥等三名同學臨畢業前被開除。新聞雜誌部被解散，《校友會志》被無限期停刊。

三月，弘前高中畢業。

四月，考入東京帝國大學文學部（現在的東京大學）法國文學系，住在高田馬場附近的學生宿舍常盤館。

五月，高中學長工藤永藏來訪，加入非法的共產黨地下組織。

六月，三哥圭治因結核性膀胱炎病故，享年二十八歲。

七月，在青森縣內同人雜誌《座標》連載《學生群》，十一月中斷。

十月，與逃奔到東京的小山初代相聚。大哥也隨之而至，強烈反對跟藝妓的婚事，將分家除籍（另立門戶，從津島家的戶籍中遷出）作為附加條件，才同意婚事。

十一月十九日，被分家除籍。二十四日，與小山初代正式訂婚。二十八日，在政治活動中得知大哥提出分家除籍的真相，傍晚與銀座一家酒吧的女店員田邊淳美，相約在鐮倉七里濱小動崎疊岩海邊服用安眠藥自殺。女方死亡，自己存活。被指控為自殺協助罪，後在大哥的奔走下，被判為緩期起訴。

十二月，與小山初代在碇關溫泉舉辦臨時婚禮。

是年，初次在東京與作家、詩人井伏鱒二見面，並視為自己終生的文學良師。

一九三一年（昭和六年）二十二歲

二月，開始與小山初代在東京品川區五反田租房同居。為共產黨募集資金，繼續參加非法的共產黨地下組織活動。為了隱蔽和自身的安全，聽從學長的勸說，先後搬往東京神田同朋町、和泉町等地居住。
是年，沉醉於俳句寫作，俳號為朱麟堂。

一九三二年（昭和七年）二十三歲

出於對來自共產黨的各種指示和員警的恐懼，不停搬家，先後在柏木、八丁堀、白金三光町居住。
六月，初聞小山初代同居以前的過失，備受震驚。
七月，由於參加東京的地下組織等，被青森員警署要求自首，在大哥的陪伴下，自首並接受調查。之後，脫離非法組織活動。
八月，跟初代一起到靜岡縣靜浦村的坂部啟次郎家逗留一個月。
十二月，到青森檢察局自首。完全脫離非法運動。

一九三三年（昭和八年）二十四歲

二月，搬往杉並區天沼三丁目居住。與古谷綱武、木山捷平、今官一等共同創刊同人雜誌《海豹》，並發表《魚服記》等。分別在《東奧日報》附錄《周日東奧》發表《列車》，在《海豹通信》發表《鄉下人》，首次使用筆名太宰治。
七月，與檀一雄、伊馬鵜平、中村地平、小山祐士等認識。
十二月，因不能畢業而留級，懇求大哥寄錢不要一再延期，大哥得知沒有希望畢業時，勃然大怒。
是年，頻繁出入井伏鱒二的家。

一九三四年（昭和九年）二十五歲

四月，在古谷綱武、檀一雄主編同人雜誌季刊《鷭》發表《葉子》等作品。

七月，在《鷭》發表《猿面冠者》等作品。

夏天，在靜岡三島市坂部武郎的家逗留近一個月，開始創作《羅馬風格》。

十月，在同人雜誌《世紀》（外村繁、中谷孝雄、尾崎一雄等創刊）發表《他已非昔日的他》。

十二月，與津村信夫、中原中也、山岸外史、今官一、小野正文、伊馬鵜平、木山捷平等創辦《青花》同人雜誌，發表《羅馬風格》。

一九三五年（昭和十年）二十六歲

二月，在《文藝》雜誌發表《逆行》。

三月，大學未能畢業，參加東京新聞報社新職員募集考試，落榜。中旬，赴鎌倉山上吊，自殺未遂。加入日本浪漫流派。

四月，由盲腸炎併發腹膜炎，住進東京杉並區佐谷篠原醫院，後又轉院到世田谷經堂醫院，療養到夏天。為了止痛，開始注射麻醉性鎮靜劑，漸漸習慣化。

七月，搬入千葉縣船橋市居住。在《文藝》雜誌發表的小說《逆行》入圍首屆芥川獎。

八月，《逆行》獲得芥川獎次席，首席獲獎作品為石川達三的《蒼茫》。拜訪佐藤春夫，並視為自己的良師。

九月，在《文學界》發表《猿島》。因未繳學費，被東京大學開除。

十月，在《文藝春秋》發表《你這樣不行》。在九月號《文藝春秋》上讀到芥川獎評委川端康成發表的評選感言：「他當下的生活中，總有厭煩的雲霧，使其憤懣與才華無法盡情發揮。」對川端康成的評價極為憤怒，反駁文章發表於《文藝通信》：「我怒火中燒，數夜輾轉難眠。養著小鳥（對川端康成短篇小說《禽獸》的諷刺），欣賞舞蹈就是什麼高雅的生活嗎？我甚至想捅他一刀，簡直就是一個十惡不赦的無賴。」川端康成看到反駁文章後，寫道：「不要做毫無根據的妄想和猜疑。……如果說生活中總有厭煩的雲霧云云，也算是出言不遜的話，那我便乾脆地收回。」此時，為鎮靜劑中毒症苦惱。在《帝國大學新聞》發表《盜賊》。

十二月，在《新潮》雜誌發表《地球圖》。隨筆系列開始在《日本浪漫派》連載。赴湯河原、箱根旅行。

是年，開始與田中英光書信往來。

一九三六年（昭和十一年）二十七歲

一月，在《新潮》雜誌發表《盲人草紙》。《思考的蘆葦》分散發表於多家雜誌。在《日本浪漫派》連載《碧眼托缽》。

二月，為了治療鎮靜劑中毒症，經佐藤春夫介紹，住進濟生會芝醫院，沒等完全治癒便出院。

二月二十六日，發生二．二六事件，保皇派青年將校發動武裝政變，暗殺內務大臣齊藤實、財政部長高橋是清、教育總監渡邊錠太郎，包圍國會。翌日被鎮壓，政變將校大半被處以死刑。這一事件造成不小的心靈衝擊。在砂子屋書房出版社出版第一本作品集《晚年》。

四月，在《文藝雜誌》發表《陰火》。

五月，在《若草》雜誌發表《關於雌性》。

七月十一日，在上野精養軒舉辦《晚年》出版紀念會。

八月，為治療中毒症和肺病，赴群馬縣谷川溫泉，得知又落選第三屆芥川獎，備受打擊。

十月，聽從井伏鱒二的勸說，在東京江古田武藏野醫院住院一個月接受治療，住院期間，妻子小山初代與他人偷情。《創生記》發表於《新潮》雜誌，《狂言之神》發表於《東陽》雜誌。

十一月，中毒症治癒出院。跟大哥面談，每個月九十元的生活費分三次寄給井伏鱒二，由其轉交。搬往杉並區天沼的碧雲莊。

一九三七年（**昭和十二年**）**二十八歲**

一月，在《改造》雜誌發表《二十世紀旗手》。

三月，得知小山初代與津島家的親戚、學習繪畫的學生小館善四郎有染，與初代在群馬谷川溫泉附近服用安眠藥自殺未遂，返京後離婚。

四月，在《新潮》發表《HUMAN LOST》。

五月，大哥文治當選眾議院議員，後被揭發違反選舉法辭退。

六月，在新潮社出版《虛構的彷徨、你這樣不行》。

七月，在版畫莊文庫出版《二十世紀旗手》，十月，在《若草》雜誌發表《燈籠》。

是年，日本發動侵華戰爭。

一九三八年（**昭和十三年**）**二十九歲**

進入寫作的蕭條期，約稿驟減。心情低落，精神頹靡之時，一樁婚事帶來希望。

七月，井伏鱒二提親一事，成為文風由灰暗轉向明朗的契機。

九月，在《文筆》雜誌發表《滿願》。九月，赴井伏鱒二逗留的山梨縣南都留郡川口（現在的河口湖町）的天下茶屋，專心致力於長篇《火鳥》寫作，最終未完成。十八日，與媒人井伏鱒二一起造訪石原家，與石原美知子見面相親，美知子在四姊妹中排行老么，其父親石原初太郎是一位地質學家。

十月，在《新潮》雜誌發表《姥舍》。
十一月六日，去石原家跟美知子的父母彙報訂婚事宜。

一九三九年（昭和十四年）三十歲

一月八日，在東京杉並區清水町井伏鱒二的家，與石原美知子舉辦簡易的婚禮，證婚人為井伏夫婦。之後搬往山梨縣甲府市御崎町五六番地，開始新婚生活。在平靜的生活中，洗心革面，專心致志地力圖透過寫作挽回浪費的時間和彌補迄今為止的罪惡。
二月，在《若草》發表《I can speak》。在《文體》發表《富嶽百景》。
三月，在《國民新聞》發表短篇小說《黃金風景》，這也是一篇參選《國民新聞》舉辦的全國小說大獎賽作品，獲獎，得五十元獎金。
四月，在《文學界》發表《女生徒》。在《文藝》發表《懶惰的歌留多》。
五月，在松竹書房出版《關於愛和美》。
六月，跟美知子去信州（長野縣）旅行。在《若草》發表《葉櫻與魔笛》。用獲獎獎金偕婦人、岳母、小姨子，到三保、修繕寺、三島等地旅行。
七月，《女生徒》在砂子屋書房出版。這部小說獲得翌年第四屆北村透谷紀念文學獎（該獎的首席獎得主是萩原朔太郎的《歸鄉》）。在《新潮》雜誌發表《八十八夜》。
九月，搬往東京府下三鷹村下連雀一一三番地。第二次世界大戰爆發。
十月，在《月刊文章》發表《美少女》。在《文學者》發表《畜犬談》。在《若草》發表《啊，秋天》。在《婦人畫報》發表《愛打扮的童子》。在《文學界》發表《皮膚與心》等。

一九四〇年（**昭和十五年**）三十一歲

確立新進作家的地位，發表作品劇增。

一月，開始在《月刊文章》連載長篇《女人的決鬥》。在《新潮》雜誌發表《俗天使》。在《婦人畫報》發表《哥哥們》。在《知性》發表《海鷗》。在《文藝日本》發表《春的盜賊》等。

二月，在《中央公論》發表《越級起訴》。

三月，田中英光來訪，被其視為終生良師。

四月，松竹書房出版《皮膚與心》。跟井伏鱒二、伊馬鵜平到群馬縣四萬溫泉旅行。

五月，在《新潮》雜誌發表《奔跑吧，旋律》。

六月，單行本《回憶》、《女人的決鬥》分別由人文書院、河出書房社出版。

七月，獨自入住伊豆湯野福田屋旅館，開始創作《東京八景》。歸途，與前來送旅館費用的妻子美知子一起，順道拜訪在谷津溫泉附近釣魚的井伏鱒二和龜井勝一郎時，遭遇洪水。

八月，《金木鄉土史》由金木鎮政府出版。

十一月，在《新潮》雜誌發表《蟈蟈》。青年女作家小山清（一九一一—一九六五）來訪，被其視為終生良師。

是年，先後在東京商業大學、新潟高等學校等地演講。發表大量隨筆。出席第一節「阿佐谷會」（中央線沿線在住文士親睦會），後成為常客。

一九四一年（**昭和十六年**）三十二歲

一月，在《文學界》發表的《東京八景》。在《知性》發表《貓頭鷹》。在《公論》發表《佐渡》。在《新潮》雜誌發表《清貧譚》。跟夫人美知子去伊東溫泉旅行。一月一日在《西北新報》、一月十日在《月刊東奧》分別發表關乎故鄉的文章《五所川原》和《青森》。

二月，開始創作被擱置的長篇《新哈姆雷特》，五月完成，七月由文藝春秋社作為單行本出版。

五月，實業之日本社出版《東京八景》。

六月七日，長女園子誕生。

七月，去附近的牙科醫院治療牙齒。

八月，在北芳四郎的勸說下，回到闊別十年的故鄉金木町，看望生病的母親。因為被除籍（趕出戶籍），夜宿五所川原的姑母家。築摩書房社出版《千代女》。

九月，接受文學女青年太田靜子等人的來訪，太田靜子第一次來家做客。

十一月，因胸部疾患，被免去軍需徵用。

十二月，借來弟子堤重久弟弟的四冊日記，在此基礎上完成長篇《正義與微笑》。十二月八日，日本偷襲珍珠港，太平洋戰爭爆發。

一九四二年（**昭和十七年**）**三十三歲**

一月，三百本限定版《越級起訴》由月曜莊社出版。

二月至三月，在甲府市外的湯村溫泉與多摩御嶽站前的旅館改寫《正義與微笑》，六月由錦城出版社出版。

四月，短篇小說集《風的來信》（收錄了〈新郎〉、〈誰〉、〈畜犬談〉、〈海鷗〉、〈猿面冠者〉、〈律子和貞子〉、〈地球〉等）由利根書房出版。

五月，在《創造》發表《水仙》。

六月末，常常接到點名徵兵通知，為突擊訓練和背誦軍人告諭而苦惱。在博文館出版《女性》。

十月，在《文藝》發表《花火》，因部分內容被政府認為不利於當前局勢，要求刪掉大部分章節。在《八雲》雜誌發表《歸去來》。下旬，母親病重，偕夫人和女兒回老家探望。

十一月，文藻集《信天翁》由昭南書房出版。

十二月，在熱海跟井伏鱒二一起旅行時，得悉母親病危，一人回鄉。十日，母親去世，享年六十九歲。在《現代文學》發表《禁酒之心》。

一九四三年（**昭和十八年**）三十四歲

一月，《富嶽百景》被新潮社列入系列昭和名作選集中的其中一冊出版，重新撰寫序言。在《文學界》發表《黃村先生言行錄》。在《新潮》雜誌發表《故鄉》。中旬，為祭拜亡母五七法事，偕夫人歸鄉。為櫻岡孝治的《馬來日記》寫序。

三月，在夫人甲府的老家完成長篇《右大臣實朝》，九月由錦城出版社出版。

四月，為友人塩月赳的婚禮做證婚人。

六月，《花吹雪》寄給《改造》雜誌，未被刊用。

十月，先後在《文庫》《文藝世紀》發表《作家手帖》和《不審庵》。完成《雲雀之聲》寫作，審查未通過延期，與小山書店協商。翌年，這部作品終於獲得出版許可，就要在印刷廠印製時，印刷廠遭到空襲，書稿毀於一旦。

一九四四年（**昭和十九年**）三十五歲

一月，分別在《改造》、《新潮》雜誌發表《佳日》和《新釋諸國故事》。出席文學報國會小說部協議會。欣然同意東寶電影公司把《佳日》拍成電影。與劇本作家八木隆一郎等在熱海，由《佳日》改寫為《四次婚姻》電影劇本。歸途，拜訪神奈川縣下曾我村的太田靜子。根據內閣情報局和日本文學報國會的指示，受將大東亞五大宣言小說化的委託，決定創作一直構想的魯迅傳記，開始研究魯迅。

三月，在《新若人》發表《散花》。

五月，在《少女之友》發表《雪夜之語》。在《文藝》雜誌發表《義理》。為撰寫小山書店策劃的系列叢書《新風土記叢書》的其中一冊《津輕》，五月十二日從東京返回故鄉，直至六月五日，走訪津輕地區。《奇緣》寄給了當時在中國（滿洲）發行的雜誌《滿洲良男》，下落不明。

七月，寫完《津輕》，十一月由小山書店出版。第一任妻子小山初代病死在青島，享年三十二歲。

八月十日，長男津島正樹出生（先天性唐氏綜合症患者，十五歲病逝）。《佳日》由肇書房出版。

十二月二十日，赴仙台調查和收集魯迅在仙台醫學專門學校留學時的情況。為創作《惜別》做準備。

一九四五年（**昭和二十年**）三十六歲

一月，《新釋諸國故事》由生活社出版。

二月，寫完魯迅傳記《惜別》，九月由朝日新聞社出版。

三月，在空襲警報聲中創作《陪貴人說話的草紙》，六月脫稿。下旬讓夫人和孩子疏散到甲府（夫人娘家）。

四月，三鷹的家遭到空襲，疏散到甲府夫人的娘家。在疏散地甲府，跟井伏鱒二、大江滿雄以及《中部文學》同仁交流。

五月，甲府遭受空襲愈來愈激烈，下旬將重要書籍和一些物件搬入市外的千代田村。

七月七日拂曉，甲府遭受燃燒彈空襲，夫人家全部燒燬。暫時在甲府新柳町山梨高工大教授大內勇家避難。二十八日，攜妻子經由東京回津輕老家，三十一日抵達。這期間，寫完《陪貴人說話的草紙》，十月由築摩書房社出版。

八月四日，田中英光來訪。十五日，在老家聽到昭和天皇宣讀的投降詔書。

十月，在《河北新報》連載《潘朵拉盒子》。

十一月，四姊病逝。

一九四六年（昭和二十一年）三十七歲

受邀參加各種座談會。

一月，分別在《新小說》、《新風》雜誌發表《庭院》和《父母這兩個字》。

二月，在《新潮》雜誌發表《謊言》。在創刊號《婦人朝日》發表《貨幣》。在《月刊讀賣》發表《無可奈何》。寫完第一個喜劇劇本《冬日煙花》，發表於六月號《展望》雜誌。

四月，大哥文治在戰後第一次選舉中，當選為眾議院議員。在《文化展望》創刊號發表《十五年間》。芥川龍之介的長男芥川比呂志來訪，徵求《新哈姆雷特》在思想座劇場上演許可。

六月，長男正樹患急性肺炎，生死一線間。在《新文藝》發表《苦惱的年鑒》。

七月四日，祖母去世，享年八十九歲。先後在《藝術》、《文學通信》雜誌發表《機會》與《大海》。劇本《春的枯葉》第二部發表於《人間》雜誌。

十月，在《思潮》發表《雲雀》。

十一月十四日，離開老家金木町返京，途徑仙台留宿一晚，十四日返回東京三鷹家中。實際上，在故鄉等地的疏散生活已經有一年半之久。同月，在《東北文學》發表《失蹤的人》。單行本《微光》由新紀元社出版。

十二月，在《新潮》雜誌發表《新友交歡》。在《改造》雜誌發表《男女同權》。同月，預定被搬上舞臺的《冬日煙花》遭到麥克阿瑟司令部的反對，被迫中止。

一九四七年（昭和二十二年）三十八歲

一月，太田靜子來訪。在《群像》、《中央公論》等發表作品。出席三十四歲急死於肺結核的織田作之助的葬禮，在《東京新聞》發表《織田君之死》。二十九日，為曾同居過的、前往北海道夕張炭礦的小山清送行。

二月，去田中英光的疏散地伊豆三津浜旅行。歸途順道拜訪神奈川縣下曾我村的太田靜子，在大雄山莊逗留五日。借來靜子的日記，在三津濱安田屋旅館逗留到三月上旬，寫完《斜陽》的前兩章。在《新潮》雜誌發表《母親》。在《展望》雜誌發表《維庸的妻子》。

三月三十日，二女兒里子出生，也就是日後的日本戰後重要女作家之一津島佑子（二〇一六年二月十八日去世）。

這一年春，在三鷹車站烏冬麵攤前與二十八歲的山崎富榮相識。

四月，在《人間》發表《父親》。在創刊號《日本小說》發表《女神》。大哥文治當選青森縣知事（連續三期共擔任知事九年）。

五月，《春天枯葉》的廣播劇被NHK第二廣播電臺播出。

六月末，寫完《斜陽》，在《新潮》雜誌連載（七月號至十月號）。中央公論社出版《冬日煙花》，築摩書房社出版《維庸的妻子》。為失眠症苦惱。

七月，《潘朵拉的盒子》被改編成電影《護士日記》放映。

八月，居家養病。

九月，跟山崎富榮一起去熱海旅行。把工作室搬往山崎富榮的房間。

十月，在《改造》雜誌發表《分娩》。在《小說新潮》發表隨筆《話說我的半生》。

這一年秋天，八雲書店提議出版太宰治全集，為準備忙碌。

十一月十二日，太田靜子為其生下一名女兒；在山崎富榮的房間，為女兒取名治子（即活躍在當下的作家太田治子），並寫下認知書。十一月十七日，在朝日新聞發表《小生》。

十二月，《斜陽》在新潮社出版，成為暢銷書。

是年，嶄露頭角的批評家、詩人吉本隆明看完《冬日煙花》後，為徵求上演權專門登門拜訪。在短暫的交談中，問吉本隆明：「對你來說男人的本質是什麼？」見吉本支支吾吾未能答出，便對吉本說：「男性的本質就是對女性的溫柔。」

一九四八年（昭和二十三年）三十九歲

一月上旬，肺結核惡化，咯血。分別在《中央公論》、《光》、《地上》等雜誌發表《犯人》、《饗應夫人》、《酒的追憶》等。

二月，《春天枯葉》作為俳優座創作劇研究會第一次公演在每日會館上演，著名演出家千田是也主演。三月，《太宰治隨想集》由若草書房出版。《美男子與香菸》發表於《日本小說》，《眉山》發表於《小說新潮》。《如是我聞》開始在《新潮》雜誌連載。

三月七日，在筑摩書房社長古田晁的安排下，去熱海市起雲閣別館閉關創作《人間失格》，寫完〈第二手記〉。

四月，返回三鷹的工作室繼續創作《人間失格》，四月二十九日至五月十二日，在大宮市大門町三丁目小野澤清澄（天婦羅「天清」餐館老闆）家二樓寫完。《展望》雜誌六月號發表〈第二手記〉為止，剩餘的章節發表於死後。八雲書店出版《太宰治全集》第一卷《虛構的彷徨》。《渡鳥》發表於四月號《群像》。《女類》發表於四月號《八雲》雜誌。

五月，在《世界》雜誌發表《櫻桃》。開始創作在朝日新聞連載的小說《Good-bye》，這個長篇題目詭異的是日後竟成為與世界訣別的讖語。此時，身體極度疲勞，常常咯血。

六月十三日深夜至十四日拂曉，跟山崎富榮用和服腰帶將兩個人綁在一起，在玉川上水河投水自殺，兩個人的木屐整齊地擺放在河岸邊。十四日，為妻子和孩子留下的遺書和玩具，以及為友人鶴卷幸之助、伊馬春部等留下的遺物和短歌被發現。《Good-bye》等作品的校樣完好無缺地留在工作室。在雨水連連中搜索數日，終於在十九日找到了遺體（奇妙的是，這一天正好是太宰治的生日）。撈上岸後，死亡推定日期為十四日凌晨。驗屍後送往堀之內火葬場火化。二十一日，舉辦葬禮（在太宰治家），豐島與志雄擔任葬禮委員會長，井伏鱒二為副會長。有多數作家和出版界的人士參加。

七月十八日，葬於三鷹市下連雀的黃檗宗禪林寺。法名為：文彩院大猷治通居士。

翌年之後的每一年，在發現遺體的六月十九日，先輩、友人、熟人、讀者等匯聚一堂，與遺族一起追思故人。這一天被命名為「櫻桃忌」。

一九四九年（昭和二十四年）

六月，墓碑立在最崇敬的一代文豪森鷗外的墓前。墓碑的正面，鐫刻著井伏鱒二揮毫寫下的三個大字「太宰治」。

譯後記：溫柔與純粹的生死劫

經典名作破繭時

編譯完太宰治年譜，我才知道《人間失格》的寫作地點不只是太宰治的家，而是先後輾轉多地寫完了這部中篇。一九四八年三月七日，太宰治在筑摩書房社長古田晁的精心安排下，獨自南下踏上了寫作之旅，前往靜岡縣溫泉聖地的熱海市，在下榻的起雲閣別館專心創作《人間失格》，並在此寫完〈第二手記〉。

古田晁安排太宰治去熱海寫作有兩種用意，一是遠離鬧區，躲人耳目和騷擾，希望太宰治能在一個安靜舒適的環境創作出不朽的作品；二則熱海離太宰治的情人太田靜子的家不遠，便於見面。此時太田靜子為太宰治生下女兒太田治子不足四個月。相關文獻和回憶錄記載，太宰治在熱海寫作期間，並未頻繁跟太田靜子見面，原因是三個月後跟他一起投水自殺的另一個情人山崎富榮把他盯得很緊，還時常來熱海與太宰治團聚。

太宰治四月初返回位於東京西郊三鷹市的家中繼續寫作，分別在二五日登門拜訪作家豐島與志雄，二六日去本鄉（東京大學附近）造訪筑摩書房社後，在山崎富榮的陪同下，又於四月二十九日至五月十二日，前往埼玉縣大宮市（現在的埼玉市）大門町三丁目小野澤清澄的家閉關寫作，在小野澤家二樓八張榻榻米大的和式房間寫完了《人間失格》。

來小野澤的家寫作還有一個目的，據說是為了太宰治看病方便，小野澤的家離太宰治看病的「宇治醫院」徒步只需五分鐘。這家醫院是古田晁妻子的姊夫開的，自然也是古田晁介紹的。小野澤清澄是一位在大宮市經營天婦羅「天清」餐館的老闆，是古田晁的長野縣同鄉，也是摯友。不言而喻，來大宮寫作同樣是古田晁的安排。

最初誕生《人間失格》的起雲閣，始建於太宰治十歲時的一九一九年，在變成旅館之前，一直是作為熱海地區的三大別墅而聞名。一九四七年，也就是太宰治來寫作的前一年，由別墅改為旅館對外營業，至今仍是熱海具有代表性的溫泉旅館，館內設有和式、中式庭園和歐式建築，三面環海，環境優美。

據說起雲閣每年都有很多名流俊士前來住宿，尤其是文人墨客，山本有三、志賀直哉、谷崎潤一郎、舟橋聖一、武田淳等這些在日本文學史上赫赫有名的文豪級作家，都長期在此居住並留下過代表作。這一點對太宰治而言，是不是也具有一定的吸引力，不得而知。

《人間失格》分三次發表於當時文學界頗具影響力的綜合月刊文學雜誌《展望》。第一部分發表於太宰治生前的六月號，剩下的章節以連載的形式發表於太宰治死後的七月號和八月號。《展望》雜誌由築摩書房出版社創刊於一九四六年，到一九五一年停刊共出版了六十九期。一九六四年復刊，到一九七八年徹底停刊又出版了一百六十七期。主編是作家和批評家臼井吉見。除《人間失格》外，《展望》雜誌還發表過太宰治的《冬日煙花》（一九四六年六月號）和《維庸之妻》（一九四七年三月號）等。這家雜誌不僅推出過不少文學新人，也是活躍於當時文壇的大岡升平、中野重治、宮本百合子等作家和批評家發表作品的重要園地。

「弱者」的代言人

太宰治在短短的一生中，創作了博大精深龐雜的作品群，涉獵小說、隨筆、劇本、批評、傳記等體裁。

其實，他的黃金寫作時間算起來不足十年，近十年中，除去酗酒、與情人約會、看病住院、失眠補覺等，他真正用在寫作上的時間或許更短。《人間失格》堪稱經典中的經典，與描寫沒落上流階層的《斜陽》形成陰陽兩極，都具有對抗時間、空間和時代的力量，包括他更具有經典性的短篇系列。但就個人興趣來說，我更傾向於看重《人間失格》獨特的小說結構和無懈可擊的普遍性。

《斜陽》的經典性毋庸置疑，也是太宰治生前唯一一本暢銷書，出版後很快被改編成電影、廣播劇和歌舞劇，而且這篇小說還在當時的日本社會掀起了「斜陽族」現象。雖然如此，可一想到《斜陽》是參照太田靜子的日記寫成，就總覺得這一點是它美中不足的瑕疵。這樣認為並不是被數十年後太宰治的非婚生女兒、作家太田治子在書中披露的資訊所左右——《斜陽》裡的不少情節直接引用了她母親太田靜子的日記原文。跟《人間失格》相比，《斜陽》有明顯的時代印痕。

《人間失格》在形式上屬於日本的私小說門類，本質上其實是作者在自身真實生命經驗基礎之上虛構的、震撼人心的悲催命運的交響曲，也是一部太宰治自己的精神自傳，或是他為日本人描繪的自畫像。社會的黑暗，內心的醜惡與陰暗，世間的無情，活著的虛無，青春的迷惘，人的偽善與虛情假意，無恥與狡詐，墮落與頹廢，孤獨與絕望，自暴自棄，無理想無追求無目標，酗酒貪色，怯弱與恐懼等等，雖然小說通篇都是在表現人與社會消極和黑暗的一面，實際上是作者摘掉了每個人或多或少戴著的虛偽面具，讓一個純粹無垢、敏感溫柔而又帶有強烈反叛精神的靈魂，赤裸而透明地呈現在這個骯髒的人世間。

小說中的主人公大庭葉藏被刻畫得活靈活現，他栩栩如生的形象超越時間、時代、人種、文化和宗教的樊籬，不僅不會因年代的久遠變得陳舊與過時，反而隨著時間的推移與年代的久遠變得愈加生動與逼真，彷彿就是這麼一位與世界和世俗格格不入的局外人，他在不安穩的社會和充滿偽善的人世間到處碰壁，最終變成了廢人。這個看似缺乏積極向上，以自我毀滅的方式挑戰公序良俗，抑或說近乎病態畸形的故事，實際上帶有強烈的魔幻現實主義色彩。在消極與頹廢的背後，太宰治以敏銳的洞察力和獨特的寫作手法，塑造了人性的自我革命，定格了人在世間短暫逗留的永恆形象，力圖通過自己的筆墨為傷痕累累的靈魂塗上永不褪色的悲劇色彩，在絕望中毀滅希望，在頹廢中凸顯人性。

太宰治用自己的視線和思想，甚或說用自己的生命，為讀者勾勒出一幅弱者在世間的生存百態畫卷，這是一場與眾不同的文學饗宴，通過對負面形象細膩傳神、纖毫畢現的刻畫，讓讀者感受和窺見世界的真面目和人性深處的真實鏡像。某種意義上，《人間失格》是弱者的代言人。

《人間失格》出版後，褒貶不一的評價持續了很長時間。但近二三十年來，詆毀的聲音漸漸消失，肯定的文章和研究的學術文論日漸增加。值得一提的是，一些批判和質疑《人間失格》的文章，剖析文學性和細讀文本的不多，大多數是站在道德的制高點對此說三道四。文本決定一切，也是絕對的，時間證明了這些批評家的短見和觀點的蒼白無力。

《人間失格》出版七十餘年以來，單是新潮社的一本文庫版就累計銷售了六七十多萬冊，加上其他出版社的版本和收錄在各種選集裡的販賣總數，據說超過一千二百萬冊。這是《人間失格》創下的文學銷量奇蹟。九〇年代末，《人間失格》的初稿被發現，寫滿了一百五十七頁稿紙，修改的痕跡密密麻麻，清晰可見。

在日本戰後文壇，《人間失格》與夏目漱石的《心》是持久常銷最受歡迎的兩部小說。已故武藏大學教授鳥居邦朗曾在他的著作裡稱「太宰治是昭和文學不滅的金字塔」，體現了他的文學遠見。同樣在西方，《人間失格》也被視為是英語、西班牙語、法語、德語等語種裡的經典翻譯文學作品。

No Longer Human（唐納德．金譯）是《人間失格》的英文版書名。翻譯成漢語則為《不再是人》。由於日語同屬於漢字文化圈，漢字在日語的三種表記文字中扮演最為重要的角色，才能便利地用拿來主義原封不動地移植到漢語中。中日兩種語言中儘管都在使用著「人間」這一詞彙，但現代日語中的「人間」一詞，要比在漢語裡承載的意思寬泛和具體得多。「人間」在日語中，除了指單數的個人和複數的人類、人們、人人、人群等

之外，還包含有人品、為人、人格、品質、人物這些所指，另外還有人居住的世界、人世間等。日語中由「人間」組合的詞彙數不勝數，如「人間科學」、「人間國寶」、「人間像」、「人間味」、「人間本位」、「人間疏外」等等。

無賴派之「死」，太宰治之「活」

無賴派作為日本戰後率先流行起來的一個文學流派，由坂口安吾、太宰治而興起，也是由他們倆一手主導。二戰之後，在對日本整體近代文學批判的基礎上，出於反叛傳統文學的漢文學和和歌為目的，強調文學中通俗性的重要性，試圖通過復活江戶時代的諂媚巴結、詼諧幽默、滑稽搞笑等通俗趣味，最初由作家、批評家林房雄提出了「新通俗派」這一概念。幾位作品風格接近的作家被稱為「新通俗派」，後來此命名衍生為「無賴派」。太宰治和坂口安吾是這一流派的中心存在。除此之外，還有織田作之助、石川淳、檀一雄（後來獲得直木獎的檀一雄公開否認過自己是「無賴派」）等。

「無賴派」雖然在當時引起過廣泛關注，在社會上也產生過一定的轟動效應，但就整體上的日本戰後文學來看，仍沒有躋身於文學的中心位置，而是邊緣化的存在。在今天的日本文壇，「無賴派」作家中，除太宰治、坂口安吾之外，幾乎無人問津。究其原因，無外乎是他們的觀念過時和作品中的時代侷限性。換言之，是太宰治的幾部小說延續了這一概念的生命。

悲觀主義情緒幾乎貫穿了太宰治文學的全部。編譯太宰治年譜時我發現，他的悲觀主義思想似乎是與生俱來，其形成的原因是否跟他自幼由保母和姨媽帶大，缺乏母愛有關，以及在少年時代是否因為幾位姊姊、哥哥和父親相繼去世所致，是值得思考和不容忽視的因素。

太宰治的思想情感發生驟變是中學時代，他開始發表作品也始於這一時期。作為十七八歲的高中生，本應以功課和學習為主，但太宰治卻熱衷於參與校內馬克思主義者組織的運動。從他二十歲第一次服用安眠藥自殺，為自己是大地主的家庭出身而苦惱這一理由來看，他當時深受馬克思主義和無產階級思想影響，因這種影響而形成的精神潔癖一直伴隨到他最後一次自殺。

從太宰治的隨筆和其他文章裡不難發現，對於女性和弱者，他是內心擁有至高無上溫柔感的人。《人間失格》的故事結構並不複雜，但作品彰顯的意義卻有不可估量的深度和廣度。小說由〈序曲〉、〈第一手記〉、〈第二手記〉、〈第三手記〉、〈後記〉構成，簡短的序曲和後記前呼後應、意味深長。

小說中的登場人物依次為：大庭葉藏、竹一、堀木正雄、常子、靜子、茂子、老闆娘、良子、比目魚和「我」。主人公葉藏是一位肉體和精神的雙重病人，他用自己的病身與病入膏肓的世俗和社會對峙，最終他敗下陣來。小說中時而出現的「我」，則以客觀理性的視點介入，增強了作品的現實感和真實性。溫柔軟弱的葉藏扮演著顛倒的人生，家庭的富裕是導致他喪失大志，跌入深淵的主要根源。葉藏強烈的自卑感，精神上的軟弱，對人的恐懼，以及對世界的厭惡等等，使他遭受罪感與恥感的雙面夾擊。對他而言，人世間不存在幸福與不幸。一次次尋求自殺，於他可能是唯一的解脫方式吧。

《人間失格》是一面照出幽靈的鏡子，每個活在世上的人都會從它照出自己要麼模糊、要麼變形的面孔和影子。另一面，它又如同一部警世醒言，提醒世界，請不要忽略和遺忘，甚至歧視弱者的存在。正如小說中引用的《魯拜集》所寫：

> 我們都是被無奈播下的情欲之種
> 無法擺脫善與惡、罪與罰的宿命
> 我們只是無奈地彷徨與驚慌
> 因爲神沒賜給我們粉碎它們的力量和意志

寫完《人間失格》一個月後，一九四八年六月十三日晚，在美國統治下的東京西郊，太宰治來到他生命中最後一位情人山崎富榮的住處，兩個人為自己的家人和朋友分別寫下遺書後，衣著整齊地穿著木屐來到附近的一條小河玉川上水岸邊，先是把脫下的木屐並列整齊地擺在一起，然後用山崎的和服腰帶把兩個人綁在一起投水自殺，為三十九歲的人生畫上了句號。

從山崎留下的遺書來看，再推想一下太宰治剛剛在《朝日新聞》和幾家雜誌上連載小說的狀況，突然的自殺存在很多費解之處。況且，他在大宮寫完《人間失格》後，曾對小野澤明言，希望不久後還能來他家寫作。

我個人推測，太宰治的最後一次自殺，並沒有完全做好離開這個世界的心理準備，在他的文學野心正遍地開花的節骨眼上，很有可能是他情人的自殺願望，喚起了太宰治進入冬眠期的自殺情結。在女性面前，太宰治應該是有求必應的人，無法拒絕是因為他內心擁有至高無上的溫柔。我對這樣的推想沒有一點自信，因為人是單純多變而又令人費解的動物。

當然，也存在太宰治在人生最燦爛的時刻，與自己心愛的人一起結束了自己生命的這種可能性。

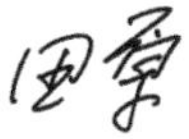

二〇一九年二月二六日 於日本

譯者簡介

田原

知名旅日詩人，翻譯家，華文詩歌獎、日本H氏詩歌大獎得主。

一九六五年生於河南漯河，九〇年代赴日留學，現為日本城西國際大學教授。二〇一〇年獲日本「日本H氏詩歌大獎」，二〇一三年獲上海文學獎，二〇一五年獲海外華文傑出詩人獎。

個人作品被翻譯成英、德、法、義等十多種語言，出版有英語、韓語和蒙古版詩選集。

二〇一九年全新譯作《人間失格》，入選「作家榜經典文庫」。

人間失格 / 太宰治著 ; 田原譯 . -- 初版 . -- 臺北市 : 時報文化 , 2019.08
256 面 ; 14.8 X 21 公分 . -- (愛經典 ; 23) ISBN 978-957-13-7915-9(精裝)

861.57　　　　108012542

作家榜经典文库®

ISBN 978-957-13-7915-9
Printed in Taiwan

愛經典 0 0 2 3

人間失格

作者—太宰治｜譯者—田 原｜插圖—李寧浪｜編輯總監—蘇清霖｜編輯—邱淑鈴｜ 美術設計—陳恩安｜校對—劉素芬、蘇清霖｜董事長—趙政岷｜出版者—時報文化出版企業股份有限公司 台北市和平西路三段二四〇號四樓 發行專線—（〇二）二三〇六—六八四二 讀者服務專線—〇八〇〇—二三一—七〇五、（〇二）二三〇四—七一〇三 讀者服務傳真—（〇二）二三〇四—六八五八 郵撥—一九三四四七二四 時報文化出版公司 信箱—一〇八九九臺北華江橋郵局第九九信箱 時報悅讀網— http://www.readingtimes.com.tw 法律顧問—理律法律事務所陳長文律師、李念祖律師 印刷—勁達印刷有限公司 初版一刷—二〇一九年九月六日 初版十四刷—二〇二四年五月三十日 定價—新台幣 360 元